KB072549

전능의 팔찌

THE OMNIPOTENT
BRACELET

김현석 현대 판타지 소설
FUSION FANTASTIC STORY

전능의 팔찌 36

김현석 현대 판타지 소설

초판 1쇄 찍은 날 § 2014년 4월 18일
초판 1쇄 펴낸 날 § 2014년 4월 25일

지은이 § 김현석
펴낸이 § 서경석

편집부장 § 권태완
편집책임 § 박은정

펴낸곳 § 도서출판 청어람
등록번호 § 제387-1999-000006호
등록일자 § 1999. 5. 31
어람번호 § 제1-1835호

주소 § 경기도 부천시 원미구 부일로 483번길 40 서경B/D 3F (우) 420-822
전화 § 032-656-4452 팩스 § 032-656-4453
http://www.chungeoram.com
E-mail § E-mail § chungeorambook@daum.net

ISBN 979-11-5681-992-9 04810
ISBN 978-89-251-2596-1 (세트)

전능의 팔찌

THE OMNIPOTENT BRACELET

36

FUSION FANTASTIC STORY

김현석 현대 판타지 소설

CONTENTS

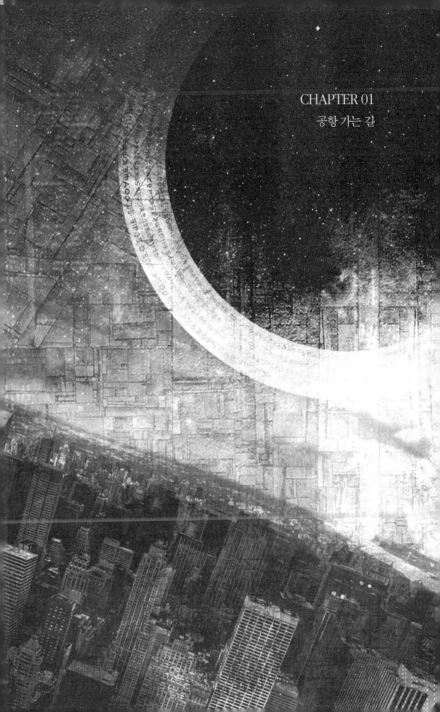

CHAPTER 01
공항 가는 길

"자기!"

"응? 잘 잤어?"

여느 날과 다름없이 지현이 먼저 깬다. 이른 시각에 기상하는 것이 습관인 듯싶다. 현수는 품에 안겨오는 지현의 교구를 받아 안았다. 그리곤 이마에 입맞춤해 줬다.

쪽옥―!

"아아! 행복해요."

"나도, 그래!"

현수가 기분 좋은 미소를 지어 보이자 지현이 배시시 웃는다. 참 예쁜 여인이다.

슈퍼포션과 마나 마사지 덕분에 이제 겨우 23살로 보이는데 이런 모습이 아주 오래도록 유지된다.

150살이 되어야 30살로 보이게 될 것이다. 그리고 30년 단위로 10살씩 더 먹은 모습이 된다.

세상 모든 여자가 꿈꾸는 바가 지현과 연희, 그리고 이리냐에게 베풀어진 것이다.

"커피 만들어 드려요?"

"아니! 내가 벌써 내려놨어, 저기!"

현수가 손짓한 곳엔 커피머신이 놓여 있다. 어제 배달되었는데 포장도 뜯지 않아 새벽부터 낑낑대며 설치한 것이다.

지현은 현재 걱정 하나 없는 평온하고 안락한 삶을 살고 있다. 원하기만 하면 무엇이든 이루어질 삶이기도 하다.

게다가 아주 행복하다. 남편의 사랑을 거의 매일 밤마다 넘치도록 받는 중이기 때문이다.

같이 지내는 연희와도 사이가 좋아 친자매 같은 기분이다. 이리냐가 있을 때도 그랬다.

셋이 있어서 외롭지 않아 좋고, 수다 떨기 좋다며 깔깔대며 웃곤 했다. 목욕탕에 갈 땐 서로 등을 밀어주며 웃었다.

아직 아이가 없어서 그런지는 몰라도 조금도 투기하는 마음이 일지 않을 정도로 사이가 좋다.

모든 것이 만족스럽기에 아무것도 욕심내지 않는다.

그렇기에 사는 모습만 보면 서민과 크게 다를 바 없다.

사치를 부리지도 않고, 낭비를 일삼지도 않는다. 맛있는 집을 찾아 돌아다니지도 않는다.

특히 명품백 같은 건 거들떠보지도 않는다.

그런 건 뭔가 부족한 여자들이 그것을 가리기 위해, 또는 본인의 허영심을 충족시키기 위해 사는 것이라 여긴다.

현수와 결혼한 후 몇몇 거래처에서 축하의 의미로 명품백을 선물했다.

루이비통, 샤넬, 구찌, 프라다, 에르메스 등이다.

지현은 이것들 모두를 돌려보냈다.

마음은 고맙지만 어려운 시절을 잊지 않았기에 검소하게 살려는 남편을 내조하려면 이런 것들을 소지할 수 없다는 정중한 메시지를 동봉했다.

지현은 너무도 털털하기에 남는 밥이 있으면 볶아먹거나 삶아서 해치운다.

비싼 브랜드 의류를 선호하는 것도 아니고, 보석을 밝히시는 않는다. 결혼예물로 받은 상신구는 보석함에 고이 모셔져 있다.

진한 화장으로 사람들의 눈을 현혹시키는 것도 아니고, 자신을 드러내려 나대지도 않는다.

카드대금 명세서를 보면 한 달 결제액이 불과 20만 원 남짓이다.

책 구입대금과 퇴근해서 올 때의 교통비, 그리고 가끔 사마시는 자판기 커피값이 거의 전부이다.

점심은 손수 싼 도시락으로 해결한다.

그런데 어제 모처럼 돈을 썼다. 현수가 커피를 좋아한다는 걸 알고 비싼 커피머신을 산 것이다. 매일 아침 커피를 내리는데 맛이 천차만별이었던 때문이다.

기계는 왔는데 설치방법을 몰라 내버려 두었는데 현수가 이를 보고 직접 설치한 모양이다.

"자기, 고마워요! 아, 참! 이런 말 하는 거 아니랬죠? 대신 고맙다는 뜻의 뽀뽀!"

쪽—!

가볍게 입맞춤해 준 지현이 커피를 가져온다. 그윽한 향이 거실을 가득 채우는 기분이다.

"우리 이제 조금만 더 있으면 이사네요."

"그래! 이달 23일 이후엔 아무 때나 입주하라고 했으니까. 이제 한 일주일만 참으면 돼."

양평 저택은 현재 유니콘 아일랜드 건설팀이 달라붙어 총력을 다해 마무리 작업 중이다.

단 하나의 하자도 발생되어선 안 된다는 것이 이연서 회장의 특명이다. 게다가 신형섭 사장이 가끔 드나든다.

제대로 공사가 되는지 확인하고 직원들을 독려하려는 뜻
이다. 그렇기에 정밀시공으로 유명한 유니콘 아일랜드 팀이
최선을 다하는 중이다.

현수는 모르지만 인테리어 팀은 지현으로부터 여러 가지
를 확인받았다. 바닥재, 커튼, 가구 등의 디자인과 컬러이다.

"우리, 양평집으로 이사 가도 여긴 그대로 두자."

"왜요?"

"자기 피곤하고 이럴 때 있잖아. 일하다 힘들면 집으로 오
지 말고 여기서 쉬라고."

우미내 집 2층은 전망이 그런대로 괜찮다. 뒤에는 아차산
숲이 보이고, 전면은 한강이 조망되기 때문이다.

"싫어요! 매일 아침 자기 품에서 깨고 싶단 말이에요."

"에이구, 이런 욕심쟁이!"

현수가 가볍게 지현의 볼을 잡았다. 그러자 스르르 품에 안
겨온다.

현수는 어깨를 잡고 가볍게 토닥이며 정원을 내다봤다. 리
노와 셀다가 심심한지 이리저리 놀아다니고 있다.

'기다려! 조금만 더 있으면 너희에게 아주 큰 운동장이 생
길 테니.'

22만 평짜리 운동장이니 실컷 돌아다닐 수 있을 것이다.

"하암! 다들 잘 잤쪄요? 어? 다 되어 있네!"

기지개를 켜며 나온 연희는 둘의 커피를 보더니 쪼르르 커피머신 앞으로 달려가 한 잔 만들어 온다.

그리곤 비어 있는 현수의 왼쪽 품을 파고든다.

"오늘은 뭐해?"

"토요일이라 좀 쉬어볼까 했어요."

"그런데?"

"근데 해외영업부와 설계팀에서 나오라네요. 이달 말까지 계획 설계 마치려면 제가 꼭 필요하대요."

자랑하고 싶었는데 다행이라는 표정이다.

"우와! 천지건설 재원이시네. 꼭 필요한 존재!"

"쳇! 자기가 내 아이디어를 채택해서 그런 거잖아요."

"그래서 싫어?"

연희의 얼굴은 무슨 소리냐는 표정으로 바뀐다.

"아뇨! 당연히 좋지요. 근데 조금 피곤해요."

"으잉? 그 반지 끼고 있으면 바디 리프레쉬가 구현되는데…… 반지 빼봐, 뭐 잘못되었나?"

"쳇! 반지 때문이 아니라 자기 때문이잖아요. 밤새도록 못 살게 구는데 바디 리프레쉬 백날 해봐요. 이것 봐요. 다크 서클이 추욱 늘어졌잖아요. 책임져요."

연희는 짐짓 과장된 표정으로 입술을 삐죽인다. 곁에 있던 지현은 빙그레 웃고만 있다. 일부는 사실이기 때문이다.

연희의 말대로 거의 매일 밤 제대로 된 수면을 취하지 못한다. 격렬한 2세 창조 작업으로 인한 체력저하 때문이다.

"책임? 어떻게 하면 책임지는 건데?"

"오늘 저녁 때 근사한 곳에서 외식 어때요?"

축 늘어진 모습을 보이던 연희의 눈빛이 반짝인다. 기대에 부풀어 있는 표정이다. 지현도 마찬가지이다.

"저녁? 좋아! 어디든 정해. 알았지?"

"헤헷! 기분 좋다요. 언니도 좋지?"

"호호! 그럼. 좋아! 근데 어딜 가지?"

남은 커피를 들이켠 지현이 환한 웃음을 짓는다.

"자긴 오늘 어디 가요?"

"나? 난 성남비행장."

"가는 길에 나 좀 태워… 아! 아니에요."

연희는 얼른 고개를 젓는다. 구설수에 올라 좋을 것 없음을 너무도 잘 알기 때문이다.

게다가 현수는 요즘 주목받는 인물이다.

축구 경기 이후 대한민국의 거의 모든 국민이 얼굴을 확실히 아는 인물이 되어버렸다.

그렇기에 얼른 자신의 말을 취소한 것이다. 그러면서도 한편으론 서글픈 마음이 든다. 아내이면서도 그걸 떳떳하게 드러내지 못하는 것이 안타깝고 속상한 것이다.

둔한 현수는 눈치채지 못했지만 같은 여자인 지현은 금방 이런 기분을 느끼는 듯하다.

"까짓것 오늘 하루는 내가 양보한다. 이따 저녁은 둘만 오붓하게 즐기다 와. 난 하루 종일 집 청소나 할 테니."

"아니야, 언니!"

연희 역시 지현의 마음을 안 모양이다. 얼른 고개를 좌우로 젓는다. 하지만 현수는 여전히 모르는 눈치이다.

참 둔감하다. 이걸 보면 여느 사내와 다를 바 없다.

*   *   *

"포항과 공주 등에서 실종된 사람들에 대한 대대적인 수사가 시작되었습니다. 그런데 오리무중입니다. 경찰은……."

성남공항으로 가는 동안 틀어놓은 라디오에선 전국각지에서 실종된 200여 명에 대한 소식이 전해지고 있다.

같은 날, 거의 동시에 사라졌다. 그런데 아무런 흔적이 없다. 누군가 금품을 목적으로 납치했다면 그것을 요구하는 상황이라도 벌어져야 하는데 그런 것도 없다.

실종된 자들의 공통점이라면 왜곡된 역사교과서와 연관이 있다는 것뿐이다.

"아무리 찾아봐라. 나오는지."

현수는 징벌도에서 울부짖고 있을 놈들을 떠올렸다. 세상에 그런 고통이 있다는 걸 모르고 살았을 것이다.

하늘 무서운 줄 몰랐으니 개만도 못한 짓을 자행하며 살아온 놈들이다. 가히 뻔뻔스러움의 극치였다.

따라서 조금의 연민도 느껴줄 필요가 없다.

"오늘 나머지를 청소해야 하는데. 아리아니!"

"네! 주인님!"

"실라디온에게 말해서 저기 남쪽에 가져다 놓은 것들 꼭 찼나 확인 좀 해볼래?"

"네, 주인님!"

어깨 위에 있던 아리아니가 사라진다.

이때 핸드폰이 진동한다.

부우우웅! 부우우우웅!

딸깍—!

운전 중이라 블루투스를 작동시켰다.

"여보세요. 김현수입니다."

"아! 안녕하십니까? 해군 2함대 심 소장입니다."

"아, 네에. 안녕하시죠? 사령관님!"

"하하! 네에, 그럼요! 덕분에 아주 잘 지내고 있습니다."

심홍수 소장은 너털웃음을 터뜨린다.

"네, 다행입니다. 그런데 웬일이십니까?"

"김 사장님! 요즘 성남에만 가신다고 들었습니다. 평택에도 와주셔야죠."

어찌 무슨 뜻인지 모르겠는가!

남아 있는 숙제를 해달라는 뜻이다. 전화는 심 소장이 걸었지만 강병훈 해군참모총장의 뜻일 것이다.

"네, 당연히 가야지요. 그런데 오늘은 사전에 약속한 일이 있습니다. 그러니 내일 이후로 날짜를 지정해 주십시오. 참, 며칠 후에 출국해야 하니 가급적 빨랐으면 합니다."

"그래요? 그럼 내일 아침에 오십시오. 만반의 준비를 해놓겠습니다."

이제나저제나 하며 고대하고 있었던 듯하다.

"알겠습니다. 그럼 내일 찾아뵙겠습니다."

해군 역시 여성가족부 해체를 요구했다. 이제 현수가 약속을 지킬 차례이다. 그렇기에 두말 않고 가겠다고 한 것이다.

전화를 끊고 라디오의 볼륨을 올렸다.

지난 8일, 신주쿠 뒷골목에서 무더기로 발견된 의복들은 한국 내에서 암약하던 삼합회 소속 조직원들의 것으로 밝혀졌습니다. 이에 일본 정부는…….

"어라? 그걸 어떻게 알았지? 신분증 다 뺐는데."

신주쿠 뒷골목에 꺼내놓은 것들은 아공간에 담겨 있을 때 아리아니가 모두 뒤진 바 있다.

그때 모든 주머니를 뒤져 내용물을 빼놓았다.

그럼에도 주인이 밝혀진 이유는 양복 안감에 수놓아진 부적 때문이다. 확인 결과 지나인들이 많이 사용하는 것으로 인연과 재물이 생긴다는 부적이라 한다.

이것 이외에도 안주머니 아래쪽에 이름이 수놓아진 것이 몇 벌 있었다. 지나인과 일본인은 이름이 다르기에 비교적 쉽게 파악한 것이다.

보도된 내용을 들어보니 일본 정부는 한국에 있던 삼합회 조직원들이 몰래 입국한 것으로 확인했다.

입국기록이 없는 것이다.

하여 누군가의 사주를 받고 조직적으로 미쓰비시 도쿄 UFJ 도난 사건을 벌인 것이 아닌가 의심하고 있다.

연옥도에서 개고생을 하고 있거나 아나콘다 또는 악어의 먹이가 되고 있는 삼합회 조직원은 총원 896명이다.

이들이 동원되었다면 금고 싹쓸이 사건이 이해된다.

도난된 골드바와 지폐의 무게가 어마어마하지만 여러 번 나눠서 꺼내갔다면 불가능한 일은 아니기 때문이다.

"후후! 그럼 나야 좋지."

현수는 나직하게 웃었다.

언론에 전혀 보도된 바 없지만 일본 내각조사처에선 은밀한 수사를 벌이고 있다. 은밀하지만 총력을 기울인 조사이다.

일본은행 신관 지하금고에서 감쪽같이 사라진 외환 1조 달러의 행방을 뒤쫓고 있는 것이다.

내각조사처에선 단독범행일 것이란 건 아예 염두에 두지 않고 있다. 하긴 1조 달러의 무게가 얼마나 되겠는가!

게다가 범인들은 미국 국채 1조 1,300억 달러 중 1조 1,299억 9,500만 달러를 폭파시켜 쓰레기로 만들었다.

이때 사용된 C4는 쉽게 구할 수 있는 것이 아니다.

따라서 대규모 인력이 동원된 다른 나라 첩보원 내지 조직의 소행으로 여기고 있다.

그런데 신주쿠 뒷골목에서 896벌이나 되는 의복이 발견되자 득달처럼 달려들어 수사 중이다.

지나가 배후에 있음을 염두에 두었으니 앞으로도 그쪽 방향으로만 수사가 진행될 것이다.

다음 소식입니다. 북경 뒷골목에서 발견된 200벌의 의복은 일본인의 것으로 추정되고 있습니다. 이에 일본은…….

아소 다로 등 관료 15명과 재특회원 239명의 의복 중 50벌 정도는 욕심 사나운 북경주민들에 의해 사라진 모양이다.

소매와 기장이 짧은 그것들을 가져다 무엇에 쓰려는지 알 수 없는 노릇이다.

아무튼 북경주재 일본대사관의 무관은 의문의 양복 발견 사건을 주목하고 현장에서 수거된 양복에 접근하였다.

뇌물만 쓰면 얼마든지 가능한 일이다. 하여 양복 198벌에 대한 조사에 착수했다.

그 결과 'ZAITOKHKAI SPECIAL MEMBER' 라는 글씨가 원형으로 쓰인 테두리 안에 황금빛 Z가 돋을새김 된 배지(Badge)가 다수 발견되었다.

재특회(재일 특권을 허용하지 않는 시민 모임) 멤버를 나타내는 것이다.

아리아니가 이걸 제거하지 않은 이유는 같은 것이 여러 개 있어서 원래 옷이 그런가 했던 때문이다.

그중 최고급 양복지로 만든 것들이 포함되어 있었는데 평범한 시민이 입을 수준이 아니다.

하여 긴급히 본국에 자료 요청을 하였다.

일본 정부는 매 내각회의 때마다 기념촬영을 한다. 사료로 남기기 위함이다. 그 사진을 요구한 것이다.

대조 결과 아소 다로 부총리, 기시다 후미오 외무상, 야마

모토 이치다 영토문제담당상, 신도 요시나타 총무상을 포함한 고위관료 15명이 입었던 것으로 확인되었다.

무관은 즉각 보고를 올렸고, 일본대사는 곧장 지나 정부에 사실 확인을 요청했다.

한편, 지나 정부 입장에선 무척 곤혹스런 일이다.

일본 주장이 맞다면 타국의 현직 부총리 및 장관과 고위관료들을 자신들이 납치한 것이 되기 때문이다.

하여 즉각적인 사실 확인 지시가 내려졌다.

국안부를 비롯하여 일본 부총리를 납치할 수 있는 능력이 있는 모든 부서의 수장들이 소환되어 조사받았다.

심각한 외교문제로 번질 수 있기 때문이며, 세계적인 지탄의 대상이 될 수 있기 때문이다.

하여 이례적으로 흑사회까지 확인했다. 물론 모두 모르는 일이라 하여 딱 잡아떼는 중이다.

일본과 영토분쟁 중에 있기에 설사 사실이라 하더라도 이랬을 것이다. 빌미가 될 수 있기 때문이다.

일본 입장에선 확연한 사실을 부인하는 지나 정부와 대립각을 세울 수밖에 없다.

실종된 각료들은 중요한 첩보를 접했을 위치이다. 그렇기에 조속한 송환을 요구하는 중이다.

지나에게 납치되어 어떠한 일이 있었는지는 돌아온 후에

알아봐도 될 일이기 때문이다.

일본도 그렇지만 지나 역시 신경을 곤두세운 채 사라진 외환의 향방을 쫓고 있는 중이다.

지나의 외환 보유고는 3조 5천억 달러 정도 되었다.

이 중 1조 달러는 자금성 뒤 경산공원 인근에 위치한 중원빌딩 지하 4층에 보관했었다.

그런데 지난 1월 21일에 감쪽같이 사라졌다. 상해 뤼신공원 지하에 있던 1조 5천억 달러 역시 사라졌다.

총액 3,000조 원이다.

뿐만이 아니다. 국영은행인 공상은행 각 지점 금괴보관소에 있던 각종 골드바 2,300여 톤 역시 사라졌다.

외부에 알려지면 큰 혼란이 벌어질 일이다.

우선 국제 신인도가 폭락할 것이다.

단기외채는 기한 연장 없이 상환이 요구될 것이다. 또한 외국 투자자들은 빠르게 자금을 회수하려 할 것이다.

이로 말미암아 위안화의 가치는 대폭락을 면치 못하게 된다. 반면 금리는 천정부지로 솟을 것이다.

이로 인하여 기업들은 연쇄도산이라는 도미노현상을 겪게 될 것이며, 건전하던 기업도 주가폭락 이후 도산이라는 절차를 밟게 될 것이다.

당연히 수많은 실업자가 발생된다.

한국이 겪었던 혹독한 IMF 구제금융 시절을 지나도 겪게 되는 것이다. 하여 쉬쉬하며 수사하는 중이다.

하지만 증거가 너무 부족하다. C4를 이용한 폭파가 있었지만 그것만으론 어느 누구를 특정하지 못한다.

한국은 1997년에 발생된 외환위기 때 IMF[1]로부터 550억 달러를 빌려 이를 모면했다.

이런 사태를 극복하기 위해 한국인들은 온 국민이 나서서 금모으기 운동, 대중교통 이용, 근검절약, 국산품 애용, 구조조정, 법 제정 등의 노력을 한 바 있다.

이 같은 특유의 단결력이 작용한 결과 IMF 체재를 최단기간 만에 졸업할 수 있었다.

한국인들의 이런 사회적 단결은 처음이 아니다.

20세기 초, 일제는 대한제국을 예속시키기 위한 방법으로 일본으로부터 차관을 도입하도록 하였다.

통감부[2]는 이 돈으로 한국민의 저항을 억압하기 위한 경찰기구의 확장 등 일제침략을 위한 투자와 일본인 거류민을 위한 시설에 충당하였다.

이로 말미암아 1905년 6월에 구채(舊債)상환 및 세계(歲計)

---

1) IMF : 국제통화기금[International Monetary Fund]. 세계 무역 안정을 목적으로 설립한 국제금융기구.
2) 통감부(統監府) : 1906년(광무 10년) 2월부터 1910년(융희 4년) 8월까지 일제가 대한제국을 완전 병탄할 목적으로 설치한 감독기관.

보충비로 200만 원의 공채를 모집하지 않을 수 없었다.

하여 1907년에 대한제국이 짊어진 외채는 총 1,300만 원이나 되었다. 이 돈은 그 시절 1년 예산과 맞먹는 금액이다.

그런데 당시의 대한제국은 세출 부족액이 77만여 원이나 되는 적자 예산인 상황이었다.

따라서 이런 거액의 외채상환은 불가능한 처지였다.

그런데 일본에 의한 거액의 빚이 있음이 알려지자 온 국민이 주권수호운동으로 전개한 것이 바로 국채보상운동이다.

다시 말해 국민이 돈을 모아 나라의 빚을 갚자는 것이다.

한국민은 이처럼 나라 사랑하는 마음이 각별하며, 단결력 또한 대단하다.

그런데 지나는 사정이 달라도 많이 다르다.

우선 외환이 너무 없으므로 IMF로부터 최하 1조 달러 이상 빌려야 한다. 한국이 받았던 것보다 18배 이상 많은 거액이다. 그리고 지나의 1년 예산과 맞먹는 돈이다.

그런데 지나인들 사이엔 나라가 망하든 말든 본인만 잘 먹고 잘살면 된다는 이기심이 팽배되어 있다.

따라서 금모으기 운동이나 국산품 애용 같은 사회적 현상이 벌어질 확률은 거의 없다.

국채보상운동 같은 것은 아예 꿈도 꿀 수 없다.

이런 상황이 빚어질 것이라는 걸 잘 알기에 지나 정부는 도난당한 외환에 대한 이야기가 번질 수 없도록 모든 조치를 취하는 중이다. 공상은행 금괴보관소에 있던 골드바 도난 사건도 마찬가지이다.

이런 가운데 금을 사 모으기 시작했다.

달러가 없으므로 위안화로 매입하는 중이다. 하여 위안화의 가치가 약간 떨어져 있는 상태이다.

제아무리 고정환율 정책을 쓰고 있지만 이건 어쩔 수 없는 일이다. 대신 금값은 나날이 오르는 중이다.

아울러 수출은 독려하고, 외환반출은 극도로 억제하는 정책을 수립하고 있다. 국민들의 외국 여행도 제동을 걸었다.

지나 관광객의 통 큰 씀씀이 덕분에 호황을 누리던 명동과 제주도는 을씨년스런 분위기가 연출되는 중이다.

미국은 현재 국가안보국(National Security Agency) 요원을 총동원시킨 상태이다.

하지만 이를 눈치챈 언론은 없다.

아주 은밀한 움직임을 보이고 있기 때문이다. 이들은 다른 어떤 것보다 우선하여 금괴 도난 사건을 조사 중이다.

지난 2월 25일 연방준비은행 금괴보관소에 있던 8,000톤의 금괴가 감쪽같이 사라졌다. 금괴가 있던 곳은 폭파되었다.

같은 날 밤, 포트녹스에 보관 중이던 금괴 8,350톤 역시 완벽하게 사라졌다.

합계 16,350톤이란 엄청난 무게의 황금이 없어진 것이다.

연방준비은행에 있던 것들은 외국 중앙은행으로부터 보관을 의뢰받은 것이 포함되어 있다. 따라서 사실이 알려지면 즉각 반환해 달라는 요구를 받게 될 것이다.

전혀 원하지 않는 상황이다. 그렇기에 총력을 기울여 사건을 은폐 중이다. 하지만 언젠가는 번질 소문이다.

그렇기에 적극적으로 금괴를 매입하는 중이다..

반환 요구를 받았을 때 즉각적으로 내놓지 못하면 심각한 국가신인도 하락이 예상되기 때문이다. 이는 달러화의 가치 하락을 가속화시키는 일이 된다.

아무튼 지나와 미국의 이러한 행위로 말미암아 하락되어 있던 금의 가치가 다시 상승하는 중이다. 전문가들의 의견에 의하면 예전의 최고가를 경신할 수도 있다고 한다.

미국과 지나 둘 다 큰 나라이다. 그리고 이들이 적극적으로 매입하고 있기에 내놓은 의견이다.

하여 100톤당 가격이 45억 달러에서 50억 달러로, 그리고 다시 53억 달러로 올랐다. 현재는 54억 달러 선도 된다.

금값의 지속적인 상승이 기대되기에 보유는 하되 매각은 자제되는 분위기이다. 그렇기에 더욱더 값이 오른다.

어마어마한 금을 보유하고 있는 현수로선 좋은 상황이다.

아무튼 미국 정보당국은 사라진 금괴를 찾기 위해 첨단기법을 동원하였다.

사건 당일 뉴욕에 있던 사람은 전부 혐의자이다.

800만 명이 넘는 사람 모두를 조사하기로 한 것이다.

우선적으로 혐의가 없을 어린아이들부터 뺐다. 다음은 너무 늙어 걷는 것조차 곤란한 노인과 환자들이다.

그다음은 알리바이가 확실한 사람들부터 용의선상에서 지우는 중이다. 이런 식으로 인원을 축소해 가며 끈기 있게 조사하고 있다.

언젠가는 극소수만이 남을 것이고, 그때가 되면 그들에 대한 집중적인 수사가 시작될 것이다.

현수도 처음엔 용의선상에 올려져 있었다. 사건 당일 뉴욕에 머무르고 있었기 때문이다.

하지만 알리바이가 너무도 명확하기에 삭제되었다.

켄터키주에 있는 포트녹스 역시 마찬가지이다.

사건 당일 인근 50㎞ 이내에 있었던 사람들 모두를 조사하는 중이다.

아울러 사건에 사용되었을 차량에 대한 조사도 병행된다.

이 수사기록엔 현수의 이름은 아예 언급조차 되어 있지 않다. 기록상 포트녹스 인근엔 가본 적도 없기 때문이다.

연방준비은행의 경우는 폭파되기 한 달 전부터 인근을 지난 모든 차량을 조사하는 중이다.

하루 만에 그 많은 금괴를 가져갔을 것이라곤 상상도 못하기 때문이다. 하긴 무게가 8,000톤이다. 1톤 트럭이라면 8,000대가 있든지, 8,000번을 왕래했어야 한다.

15톤짜리 트럭으로 운반해도 530회 이상 움직였거나 530대 이상이 동원되었을 것이다.

상식적으로 생각했을 때 530대의 트럭이 동원되지는 않았을 것이다. 그렇다면 몇 대의 차량이 아주 빈번하게 연방준비은행 건물 인근에 있었을 것이다.

이를 주목한 것이다.

포트녹스 역시 이 방법으로 인근 모든 차량을 조사 중이다. 하지만 성과는 없다.

당연한 일이다!

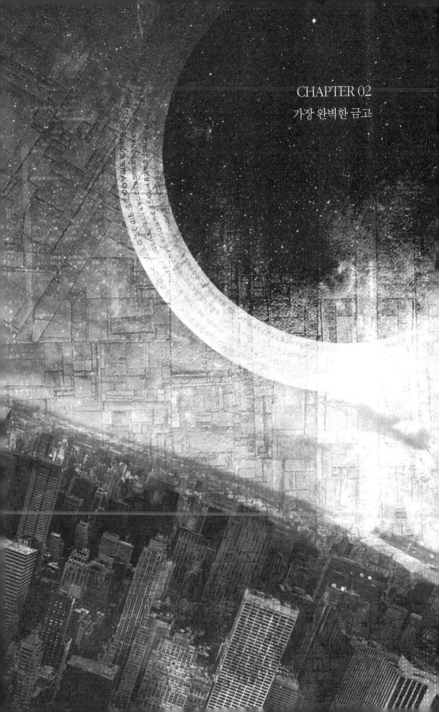

CHAPTER 02
가장 완벽한 금고

　영국 버킹엄셔 로스차일드가 저택에서는 아주 치밀한 조사가 이루어졌다. 두 번이나 일어난 금괴 도난 사고로 엄청난 액수를 잃었기 때문이다.

　지난 2013년 10월 29일, 1차 도난 사건이 있었다.

　그때 금괴 195톤과 수집한 보석 모두가 사라졌다. 금액으로 따지면 약 13조 3,000억 원에 해당된다.

　이 모든 것의 주인인 피터 로스차일드는 거의 일주일 동안 길길이 날뛰며 분노했다.

　그런데 2014년 1월 21일에 2차 도난 사고가 빚어졌다.

206.5톤의 금괴가 또 사라진 것이다. 이것의 가치는 약 11조 1,500억 원에 해당된다.

두 번의 도난 사고로 피터 로스차일드가 잃은 건 24조 4,500억 원에 해당하는 재산뿐만이 아니다.

특수부대에 버금갈 경비대가 눈을 부릅뜨고 있는 상황에서 이루어진 일이다. 하여 자존심이 많이 상했다.

그래서 식음을 전폐하고 사흘을 뜬눈으로 지새웠다. 분노가 몸을 극한으로 몰고 간 것이다.

두 번째 도난 사고 후 고용된 가장 유능하다는 탐정은 폭파로 침입 흔적을 감췄다는 의견을 내놓았을 뿐이다.

누가, 어떤 방법으로 200톤이 넘는 금괴를 운반해 갔는지에 대해선 전혀 알아낸 것이 없다.

분명 컨베이어벨트나 지게차, 또는 롤테이너가 사용되었을 것이다. 그리고 화물차도 있었을 것으로 짐작된다.

사람이 들고 가기엔 부피도 부피지만 너무 무겁기 때문이다. 하여 저택으로 진입하는 도로의 모든 CCTV를 살폈다.

그런데 아무것도 없다. 누군지 모르지만 정말 치밀하게 범행을 계획했고, 그대로 실현한 듯싶다.

분노한 피터는 자신의 침실에서 보이는 뒤뜰의 땅을 파게 하고, 그곳에 새로운 금고를 만들었다.

도난을 우려한 각종 첨단기법이 동원되었다.

홍채인식, 지문확인, 안면윤곽 확인, 음성인식, 무게변화 감지, 적외선 탐지 등등 그야말로 거의 모든 것이다.

뿐만 아니라 C4로도 폭파 불가능하도록 두께 5㎝짜리 철판과 철판 사이에 60㎝ 두께의 콘크리트를 타설하여 금고를 제작했다. 금고의 문은 두께 150㎝짜리 강철로 제작되었다.

너무 무거워 혼자서는 문을 열 수 없다.

이 금고는 지하 50m 깊이에 위치해 있다. 그리고 딱 하나뿐인 엘리베이터로만 접근할 수 있다.

물론 엘리베이터 역시 첨단장비가 총동원된 보안체이다.

침입자가 있을 경우 제압하기 위한 수면가스 발사 장치까지 부착되어 있다.

이렇게 만들어진 금고는 다시 세 겹의 콘크리트 옹벽이 보호하고 있다.

두께 30㎝짜리 콘크리트 옹벽과 옹벽 사이엔 폭 1.5m짜리 복도가 조성되어 있다. 복도가 2중으로 있는 것이다.

경비원들은 두 시간에 한 번씩 이곳의 모든 것을 체크한다.

이 통로의 공기는 직경 10㎝짜리 공급 장치를 이용한다. 영화에 나오는 환풍구를 이용한 침입을 완전 차단한 것이다.

보안은 이 정도만으로도 충분하고도 넘친다.

그럼에도 마지막 옹벽의 바깥 3m 정도가 자갈로만 채워져 있다. 누군가 통로를 뚫을 경우 저절로 무너져 내리게 하기 위함이다. 이럴 경우 위에서 금방 알 수 있다.

따라서 외부로부터의 침입은 불가능해졌다.

그럼에도 경비대원들이 크로스 경계근무를 한다.

뿐만 아니라 수십 개의 CCTV가 사각 없이 24시간 녹화를 반복한다.

피터 로스차일드는 이 금고를 PMS라 칭한다.

피터의 걸작 금고라는 뜻으로 Peter's Masterpiece Safe의 이니셜이다.

스스로 사상 최고의 금고를 만들었다 생각하는 것이다.

하여 금고가 완성된 후 프랑스, 오스트리아, 미국, 독일 등에 있는 가문의 형제들에게 이것을 선보였다.

세상에서 가장 안전한 금고를 자랑하고 싶었던 것이다.

어쨌거나 두 번의 사고 후 피터는 콩고민주공화국으로부터 매입한 금괴에 문제가 있는 것은 아닌가 하는 의문을 품었다.

미국 연방준비은행 금괴보관소와 포트녹스에 있던 금괴들도 사라진 것에 주목한 것이다.

네 사건 모두 콩고민주공화국에서 나온 금괴가 있었다. 그런데 한국은행과 러시아에선 도난 사고가 없다.

하여 의심을 풀었다.

금괴를 납품받은 곳은 로스차일드 저택이 아니라 부두였다. 납품했던 자들은 금괴가 어디에 보관되는지를 모른다.

영국의 어느 은행금고로 들어간다는 정도만 알고 있었기 때문이다.

하여 추가로 200톤 매입의사를 밝혔고, 현재 운반 중이다.

딱 하나 위안이 되는 것이 있다면 오고 있는 금괴 200톤의 값으로 90억 달러만 지불하면 된다는 것이다.

주문 이후 가격이 폭등하여 현재의 가치는 108억 달러에 이른다. 무려 18억 달러나 값이 오른 것이다.

한화로 2조 1,600억 원 정도를 벌었다.

그리고 이 금액은 더 늘어날 확률이 매우 높다. 그렇기에 솟았던 노화가 조금씩 가라앉는 중이다.

한편, 미국 국가안보국 NSA의 한 요원은 도난당한 금 중 가장 마지막에 입고된 것에 대해 주목했다.

그것이 반입된 후에 사건이 벌어진 때문이다.

확인해 보니 러시아 국영기업인 가스프롬에서 보관을 의뢰한 것이다. 금괴는 콩고민주공화국 내 이실리프 자치령에 있다는 노천금광이 출처이다.

공고민주공화국 내무 장관 가에탄 카구지의 입에서 가장 먼저 언급된 노천금광은 정확한 위치가 알려져 있지 않다.

사실 확인을 위해 요원을 파견하여 가에탄 카구지에게 접근하였다. 하지만 추가로 얻은 소득은 없다. 내무장관조차 금광의 위치를 모른다는 답변뿐이었기 때문이다.

하여 위성을 동원하여 콩고민주공화국 이실리프 자치령 두 곳을 들여다보는 중이다. 또한 요원들을 잠입시켰다.

반둔두 지역과 비날리아 지역에 첩보원을 보낸 것이다. 진짜 노천금광이 있는지 여부와 위치를 확인하려는 것이다.

그리고 노천금광 인근에 있을 것으로 추정되는 제련소 역시 찾아보려는 의도이다.

갱도를 파고 들어가는 것이라면 찾기 쉬웠을 것이다. 파낸 흙을 어딘가에 쌓아두거나 처리할 것이기 때문이다.

그러나 노천금광이기에 정밀한 사진을 찍어내는 위성을 이용하고도 별다른 성과가 없다.

하긴 있지도 않은 노천금광이다. 그러니 위성이 제아무리 성능 좋다 하더라도 발견할 수 없을 것이다.

그러는 한편 한국 정부의 협조를 얻어 현수로부터 납품받은 금괴 하나를 샘플로 가져갔다.

제련 품질을 확인해 보려는 것이다. 그 결과 순도 999.9‰임을 확인했다. 최상의 품질이다.

별다른 이상을 발견할 수 없었기에 그것은 현재 한국은행으로 보내지는 중이다.

게리 론슨이라는 이름을 가진 이 요원은 계속해서 반둔두와 비날리아 인근 지역을 샅샅이 살피는 중이다. 노천금광과

제련소가 발견되지 않는 한 이 일을 끝낼 생각이 없다.

론슨이 이토록 집착하는 이유는 현수의 IQ 때문이다.

현수는 세계 최고의 두뇌를 가진 인간이다.

그렇다면 평범한 사람들이 전혀 예상치 못한 방법으로 금괴 탈취작전을 입안했을 수도 있다고 생각하는 것이다.

현수로서는 골치 아픈 존재이다.

문제는 론슨이 이실리프 자치령을 낱낱이 들여다보고 있다는 것을 현수가 알지 못한다는 것이다.

                    *   *   *

"필승! 어서 오십시오."

박철 준위가 경례를 한다.

"네, 또 뵙네요."

"하하! 네에. 축구 잘 봤습니다. 정말 대단하십니다."

박철은 다른 사람들과 달리 이 말을 끝으로 더 이상 축구에 대한 이야길 하지 않는다.

현수로선 곤혹스런 순간이 없어 좋다.

박 준위가 더 이상 묻지 않은 건 축구에 대해 관심 없어서가 아니다. 오히려 영국의 프리미어리그, 독일의 분데스리가, 스페인의 프리메라리가, 그리고 이탈리아의 세리에A 경기까지 빠짐없이 챙겨서 보는 광팬 중의 광팬이다.

그럼에도 말을 잇지 않은 건 현수가 보여준 모든 것이 너무도 환상적이기 때문이다. 두말할 필요가 없었던 것이다.

"준비는 다 되어 있지요?"

"물론입니다. 완벽하게 준비해 놓았습니다."

"하하! 네에, 그러시겠지요. 알겠습니다."

"그럼! 이따 뵙겠습니다. 그럼 수고하십시오."

박철 준위는 격납고로 들어가는 현수를 바라보며 기대에 찬 표정을 짓는다.

오늘은 다른 날과 달리 7대의 F-15K가 분해되어 있다. 이게 전부 업그레이드되면 대한민국 공군은 24대의 스텔스기를 보유하게 된다.

미국이 자랑하는 랩터를 마음 놓고 사냥할 능력을 지닌 세계 유일의 스텔스기를 갖게 되는 것이다.

"이건……!"

격납고 발을 들여놓으려던 현수는 기가 막혀 말을 잇지 못했다.

공군은 한 대 손보는 데 얼마나 걸리는지 안다. 그럼에도 7대나 되는 F-15K를 분해해 놓았던 것이다.

이곳에서 밤새라는 뜻이 아니고 뭐겠는가!

"뭐, 나쁠 건 없지. 알리바이 하난 확실해지는 거니까."

전투기를 업그레이드시키는 데 걸리는 시간은 사실 얼마 되지 않는다. 그럼에도 오랜 시간이 걸리는 것처럼 한 것은 쉬운 것처럼 보여선 안 되기 때문이다.

공군에선 대당 3~4시간 정도 걸리는 것으로 안다.

처음엔 7~8시간 걸렸는데 계속된 작업이 숙달되게 하여 시간이 줄어든 것으로 파악하는 중이다.

아무튼 7대 모두 손보려면 21~28시간이 필요하다. 꼬박 하루쯤 되는 시간이다.

실제론 대당 1시간이면 충분하니 14~21시간이 빈다.

이 시간 동안 현수는 아직 못 잡아들인 인간들을 납치할 생각이다.

하여 부지런히 F—15K를 업그레이드시켰다.

엔진 연비 향상 작업은 대당 1,000만 원이다.

소음제거용 논 노이즈 마법진은 500만 원이다.

스텔스 기능을 갖게 하는 전파, 음파 및 전자기파 흡수마법진 설치는 1,000만 원이다.

적외선 추적 해제를 위한 아이스 마법진 역시 1,000만 원이고, 추락방지를 위한 반중력 마법진은 2,000만 원이다.

이 밖에 헤이스트 마법진도 있다. 이것 덕분에 마하 3.0의 속도를 낼 수 있다. 이것의 가격은 500만 원만 받기로 했다.

따라서 F—15K 대당 현수가 받는 공임은 6,000만 원이다.

지난해 연말, 합참은 우리 영공을 책임질 차세대 전투기로 록히드마틴의 F—35A가 사실상 확정되었음을 공식화했다.

공군이 요구한 스텔스 성능 및 전자전 능력을 구비한 최적의 기종이라 판단한 것이다.

그런데 방위사업청 선행연구 결과를 보면 F—35A의 대당 도입가는 1억 5,250만 달러로 예측하고 있다.

우리 돈으로 약 1,830억 원이다.

이것은 기체 및 엔진과 훈련장비, 임무장비, 초기 부품비용 등이 포함된 가격이다.

왜 이렇게 비싸냐는 물음에 록히드마틴은 개발비용이 막대하기 때문이라는 답변을 내놓았다.

그런데 록히드 마틴은 이미 다음과 같은 계약을 체결한 바 있다. 이것은 대외적으로 알려진 사실이다.

매입처	기종	대수	매입처	기종	대수
미 공군	F-35A	1,763	미 해병대	F-35B	340
미 해군	F-35C	260	미 해병대	F-35C	80
영국	F-35B	138	이탈리아	F-35A	60
네덜란드	F-35A	85	이탈리아	F-35B	30
터키	F-35A	100	노르웨이	F-35A	52
덴마크	F-35A	30	캐나다	F-35A	65
이스라엘	F-35A	19	일본	F-35A	42

합계 3,164대이나 된다.

이토록 많은 물량이 생산될 예정인데 너무 과한 개발비를 부과한다는 여론이 상당히 높다.

다른 전투기에 비해 값이 너무 비싸다는 뜻이다.

참고로, A형은 공군용으로 B와 C형에 없는 기총이 탑재된다. B형은 해병대용으로 수직이착륙 기능은 있지만 연료가 적게 들어가 항속거리가 짧다.

C형은 해군용으로 항모 착함용 후크가 있고, A, B형보다 날개면적이 약간 넓다.

따라서 항모 착함이 조금 더 용이하고, 연료가 더 많이 들어가서 항속거리가 상대적으로 길다.

어쨌거나 현수는 스텔스 기능이 없는 F—15K를 무적의 전투기로 개조하는 중이다.

그것에 대한 공임은 대당 6,000만 원이다.

도입이 확정되면 값이 더 오를 것으로 예상되는 F—35A의 가격에 비하면 새 발의 피도 안 된다.

3,000분의 1도 안 되기 때문이다.

그러면서도 성능은 뛰어나니 대한민국 공군은 지디기 떡이 생긴 격이다. 그래서인지 작업이 끝남과 동시에 현수의 통장으로 대당 6,000만 원씩을 꼬박꼬박 송금한다.

오늘 7대 모두 손보면 현수는 4억 2,000만 원이 추가로 생긴다. 실제 작업시간으로 따지면 시간당 6,000만 원을 버는 초고소득이다.

작업을 시작하기 전에 와이드 센스 마법을 구현시켜 격납고 내부를 확인해 보았다.

충성심과 호기심은 다르기 때문이다.

공군은 어떤 방법으로 스텔스화 하는지 엄청 궁금할 것이다. 작업이 끝난 후 아무리 들여다봐도 흔적조차 찾을 수 없기 때문이다. 하여 몰래 카메라로 쓰이는 초소형 핀 카메라를 곳곳에 설치해 두었다.

"에구, 이러지 말라니까. 또 이러면 앞으로 안 해줍니다."

현수가 준비해 온 절연테이프를 잘라 렌즈 부분을 덮으며 중얼거린 말이다.

입 모양을 보면 무슨 말을 하는지 알 수 있을 것이다.

어쨌거나 여덟 개의 핀 카메라를 무용지물로 만들었다.

그리곤 작업을 시작했다. 여러 번 해본 일인지라 아주 빠른 속도로 진행되었다.

"흐음, 이로써 24대가 끝났네. 3대씩 편대를 짜면 8편대고, 4대씩이면 6편대네."

홀로 중얼거린 말이다.

"그런데 편대 개념이 왜 필요하지?"

편대개념은 2차 세계대전 때 활약한 독일 공군 파일럿의 아버지라 불린 사나이 '베르너 묄더스(Werner Molders)'에 의해 고안된 것이다.

1개 편대는 보통 4대로 이루어진다.

이들은 서로 다른 고도로 비행을 한다.

이렇게 하면 적을 발견하기 쉽고, 아군기끼리의 충돌을 피할 수 있으며, 효과적으로 적을 공격할 수 있다.

"그러니까 손쉬운 적 발견, 아군끼리 충동 방지, 그리고 공동대응이라는 세 마리 토끼를 노린 게 편대란 말이지. 그런데 이건 그럴 필요가 없잖아."

현수는 F—15K의 기체를 쓰다듬었다.

요즘엔 눈으로 적을 발견하지 않는다. 레이더 성능만 좋으면 된다. 따라서 손쉬운 적 발견은 과제가 아니다.

적은 나를 발견할 수 없지만, 나는 가능하다. 먼저 발견했으니 먼저 미사일을 쏘고 물러나면 그만이다.

스텔스 기능이 작동 중일 때엔 아군끼리도 통신이 불가능하다. 합동작전에 애로사항이 있는 것이다.

그럴 바엔 편대 개념 없이 단독작전을 하는 것이 편하다. 조종하는 동안 심심하다는 것이 단점이 될 것이다.

"그럼 24개 편대 완성인가?"

현수는 나직한 웃음을 지었다.

시간을 보니 아직 널널하다. 하여 아공간에서 소파를 꺼내

편한 자세로 앉아 책을 읽었다.

이번에 읽는 건 농업에 관한 전문서적이다. 곳곳에 농토를 만들어야 하기 때문이다.

시간이 흘러 저녁을 먹을 시간이 되어 간다. 시각을 확인한 후 지현에게 전화를 걸었다.

♩♪♫~ ♪♫♩♫~ ♪♩♪~

현수가 작곡한 '지현에게'가 컬러링이다. 하여 잠시 들으려는데 전화를 받는다.

"나야!"

"네, 자기!"

"뭐해?"

"지금 막 청소 끝냈어요. 자기는요?"

하루 종일 집안 청소와 정리정돈을 하느라 힘들었지만 지현은 여전히 상냥하다.

"난 아무 때든 갈 수 있어. 근데 오늘 만나기로 한 쪽은?"

연희를 지칭하는 말이다.

"그렇지 않아도 조금 전에 통화했는데 곧 끝난대요. 자긴 아직 거기 있는 거예요?"

지현은 누군가의 감청이 있을 수 있다는 것을 알기에 꼬투리 잡힐 말은 하지 않는다.

"응! 난 아직이야. 그래도 갈 수 있기는 해. 근데 이목이 많은 곳은 곤란해."

"…그래요? 그럼, 나중에 해요."

지현은 현수가 텔레포트 마법을 써야 함을 안다. 문제는 경호원들이다. 이들의 이목을 속일 방법이 없다.

계속 따라다니기 때문이다. 그렇기에 모처럼의 외식이지만 포기하려는 것이다.

"아냐! 장소를 정해 놓고 연락하면 내가 알아서 할게."

"알았어요, 그럼 통화해 보고 장소 정해서 연락할게요."

"그래!"

통화를 마치고 잠시 책에 시선을 주었다.

전북 고창의 한 포도나무에 무려 2,200송이나 열렸다는 내용이 눈에 뜨인다. 확인해 보니 이 포도나무는 유럽산 야생 포도나무에 머루포도를 접붙인 것이다.

탄소순환농법[3]으로 재배한 것으로 짐작된다.

그래서 보통 포도의 평균 당도 16Brix[4]보다 훨씬 높은 평균 20Brix에 달한다고 한다.

경기도 안성에선 거봉 포도나무 한 그루에 1,800송이나 열

---

3) 탄소순환농법 : 토양 속의 질소량 전체에 대한 탄소량의 비율인 탄소율(C/N)을 높여 토양 스스로 작물을 잘 길러내게 하는 농법. 비료를 주지 않은 산의 식물이 무성히 자라는 비결이 탄소율을 잘 유지해 발효형 토양을 유지하기 때문이라는 이해에서 비롯된 자연의 원리를 활용한 농법이다.

4) 브릭스(Brix) : 미국에서 포도와 와인에 들어 있는 당을 재는 단위. 독일에서는 "Oechsle", 프랑스를 포함한 대부분의 유럽 국가에서는 "보메(Baume)"를 사용한다. 1Brix란 포도주스 100g에 들어 있는 1g의 당을 말하는데, 당의 함량이 높을수록 와인의 알코올 함량이 높아진다.

렸다고 되어 있다. 이건 일본에서 들여온 나무이다.

"흐음, 이것들 묘목을 구해 성녀와 내가 축복하고, 아리아니까지 나서면 어떻게 될까?"

현수는 얼른 메모해 두었다.

메모를 마치고 일어서려는데 전화가 진동한다.

부우우웅! 부우우웅!

확인해 보니 지현으로부터 온 문자이다.

마땅한 장소를 못 정했어요. 혹시 아는 데 없어요?

보아하니 현수의 입장을 배려한 문자인 듯싶다. 텔레포트 마법을 쓰는 걸 경호원들에게 보여줄 수 없어서이다.

그러고 보니 경호원 모두 앱솔루트 피델러티 마법에 걸려 있는 상태이다.

"흐음, 내가 왜 남의 시선을 고려해야 하지? 언제까지 이렇게 살 수는 없는데."

본인의 능력이 알려지는 게 싫을 뿐이다. 괜한 귀찮음이 발생되기 때문이다.

그렇다 하여 지금처럼 불편을 감수하며 살 이유는 없다. 그러지 않으려면 모종의 대책을 수립해야 한다.

'흐음! 거점을 여러 군데 만들어놓든지 해야겠군.'

서초동 이실리프 빌딩 옥상에서 만나.

네, 알았어요. 그럴게요.

지현과 주고받은 문자이다. 이동하는 데 시간이 걸릴 것이므로 다시 느긋한 자세로 책을 펼쳤다.

이번에 펼친 건 KSTAR에 관한 것이다.

2007년 8월에 준공된 이것은 차세대 핵융합로이다.

일본이나 미국의 구형 핵융합로보다 30배 이상 성능이 뛰어난 것으로 세계 어느 나라에서도 시도하지 못했던 100% 초전도 자석을 장착한 토카막[5]이다.

이것은 3억도 이상의 플라스마가 300초 동안 지속될 수 있는 것이다.

세계 3대 핵융합 실험시설은 일반 전자석으로 제작됐다. 그러나 KSTAR의 토카막 초전도 자석은 −268.6℃의 액체 헬륨 속에서 전기 저항 없이 작동한다.

하여 중수소를 훨씬 강력한 자기장 속에 장시간 가둬놓고 가열시켜 핵융합을 일으킬 수 있다.

물론 영원한 것은 아니다.

KSTAR 핵융합로의 구조는 가정에서 사용하는 전자레인지

---

5) 토카막(TOKAMAK) : 플라스마 밀폐 장치.

와 비교할 수 있다.

전자레인지 안에 중수소라는 요리를 넣고, 300초 이상 마이크로파[6]를 투여해 가열한다.

그러면 전자레인지 안의 온도는 약 3억 ℃까지 올라간다.

이때 중수소[7]라는 요리가 스스로 질량이 줄어들면서 그 손실된 질량에 상응하는 어마어마한 빛과 열에너지를 방출하기 시작한다.

이 열로 물을 끓여 그 수증기로 발전기 터빈을 돌려 전기를 생산해 내는 것이 핵융합발전의 원리이다.

참고로, 전자레인지가 중수소를 데우는 데 소모되는 전기에너지는 1Watt인 반면에, 3억 ℃의 온도가 된 중수소가 스스로 내뿜는 에너지는 수십 Giga Watt의 전기에너지가 된다.

핵융합발전이 아직 상용화되지 못한 이유는 크게 세 가지가 있다.

첫째, 3억 ℃가 되어도 전자레인지가 녹거나 폭발하지 않게 하는 기술이 아직 부족하다.

둘째, 에너지가 갑자기 다량으로 방출되지 않게 하는 기술도 부족하다.

---

6) 마이크로파(Microwave) : 주파수가 매우 높은 전자파 중 300MHz~30GHz까지의 전자파. 이것의 발생에는 주로 Magnetron이 사용된다.

7) 중수소(Heavy Hydrogen) : 수소의 동위원소 중에서 질량수 1인 것을 경수소(프로튬)를 제외한 나머지. 질량수 2인 것은 중수소 또는 듀테륨(D 또는 ^2H), 3인 것은 삼중수소 또는 트리튬(T 또는 ^3H)이라고 한다.

셋째, 발생된 에너지를 통제할 수 있는 기술 역시 완성되지 않았다.

중수소는 바닷물 1에서 0.03g을 얻을 수 있는데, 이를 추출하는 데 드는 비용은 약 10원이다. 다시 말해 엄청 싸다.

이러한 중수소 1g은 석유 8과 같은 양의 에너지를 만들어 낸다. 획기적으로 저렴한 에너지원이 되는 것이다.

핵융합 발전은 핵분열 과정에서 에너지를 얻는 것과 반대의 프로세스이다. 따라서 체르노빌이나 후쿠시마와 같은 방사능의 위험으로부터 완전히 자유롭다.

그리고 KSTAR는 현재 세계 최고의 핵융합로로 인정받고 있다.

"흐음! 1억 ℃가 넘는 열을 제어하는 기술이라."

현수의 뇌리로 진화하고 싶어 애달파하던 이그니스가 떠오른다. 중심온도가 1,500만 ℃나 되는 태양에 가고 싶다고 했다.

그보다 훨씬 뜨거운 1억 ℃를 견뎌낼 수 있는지 알 수는 없지만 열 관리엔 이그니스 또는 이그니스의 진화체인 이그드리아만 한 존재가 없을 것이다.

불의 정령보다 누가 더 불을 잘 알겠는가!

"흐음! 한번 심각하게 물어봐야겠군."

이것 역시 메모해 두었을 즈음 지현으로부터 문자가 왔다.

저희 도착했어요.

"텔레포트!"

샤르르르르릉—!

성남공항 격납고에 있던 현수의 신형이 그대로 사라진다.

"아! 왔네요."

지현과 연희는 아무것도 없던 허공에서 솟아나는 현수를 보며 환히 웃는다.

"미안해, 나 때문에 불편해서."

"어머! 아니에요. 괜찮아요."

지현이 환히 웃는다. 연희도 물론이다.

"이쪽으로 가까이 와."

"네에."

기다렸다는 듯 좌우의 품을 파고든다. 현수는 둘의 어깨를 보듬고는 나직이 중얼거렸다.

"매스 텔레포트!"

샤르르르르릉—!

이실리프 빌딩 옥상에 있던 셋의 신형이 스르르 사라진다.

다음 순간 이들 셋은 한정식집 일송정이 있는 뒷골목에 나타났다. 일전에 지현과 함께 왔던 곳이다.

"어머, 여긴……! 그렇지 않아도 여기 생각했었어요."

지현은 여기서 맛본 대나무밥이 참 맛있다 생각했다. 그래서 또 오고 싶은 마음이 있었기에 환한 웃음을 짓는다.

"다행이네, 그렇게 생각해서, 자, 들어가지."

"호호, 네에!"

"어서 오세요. 어머! 또 오셨네요. 반가워요."

문을 열고 들어서자 중년 여인이 맞이하는데 지현을 보더니 아는 척을 한다.

너무도 예쁜 외모 때문에 기억하는 듯하다.

"네에, 여기 음식이 맛있어서 또 왔어요. 오늘은 저희 일행이 셋이니 방으로 주세요."

"네에, 그럼요. 따라오세요."

현수 일행이 안내된 곳은 결혼을 앞둔 두 가족의 상견례 장소로 자주 쓰이는 작은 방이다. 모두 자리에 앉자 메뉴판을 건네곤 잠시 기다린다.

"식사는 뭘로 준비해 드릴까요?"

"전에 먹었던 거 좋던데 그거 어때요?"

지현의 시선은 현수에게 향해 있다.

전에 먹었던 것이란 기본 10가지 메뉴 이외에 광어회와 갈비찜, 그리고 대하구이가 나왔던 것을 가리킨다.

1인당 29,000원짜리 메뉴이다.

"그게 좋았어? 그럼 나도 그걸로 하지."

"저도 그거 주세요."

중년 여인은 알았다는 듯 고개를 끄덕인다. 잠시 후, 맛깔스러우면서도 보기에 좋은 한정식이 한상 가득 차려졌다.

"우와! 이 많은 걸 다 먹어요?"

연희가 눈을 크게 뜬다. 이런 상차림은 처음이기 때문이다. 상다리가 휘어질 정도였던 것이다.

"잘 봐뒀다가 양평으로 이사 가면 이렇게 해서 먹자고."

"아! 네에."

둘은 고개를 끄덕인다. 한식은 건강에도 좋고 맛있는 음식이다. 돈은 주체하지 못할 만큼 많으니 좋은 식재료를 엄선하여 이렇게 차려먹으면 좋을 것 같았던 것이다.

화기애애한 분위기 속에서 맛있는 음식을 즐기는 시간은 즐겁고 행복했다. 셋은 양평으로 이사 간 뒤의 일을 상상하며 이야기했다.

연희는 테니스를 배우고 싶다 하였고, 지현은 조깅코스가 만들어지는지를 궁금해했다.

저택 뒤쪽엔 테니스 코트가 있다. 저택 관리인들도 사용할수 있도록 4면짜리이다. 조깅코스도 당연히 만들어진다.

저택 주위를 달릴 수 있는 코스와 22만 평짜리 부지 외곽을

도는 코스 이외에도 여러 갈래의 길이 만들어질 것이다.

달리는 동안 지루하지 않도록 곳곳에 연못과 운교, 그리고 정원이 조성될 예정이다.

지현과 연희는 본인들이 지상에서 가장 돈 많은 사람의 아내가 된 것을 아직 실감하지 못한다.

아공간에 담긴 엄청난 액수의 외환과 무지막지한 양의 금괴, 그리고 15톤 덤프트럭이 동원되어야 간신히 담을 수 있을 각종 보석은 꺼내놓기 전엔 볼 수 없기 때문이다.

"오늘 저녁 정말 맛있었어요. 우리 양평으로 이사 가도 여기 가끔 와요."

"그래! 그러자."

"저희 먼저 들어갈게요."

"그래! 난 이따 들어갈게. 푹 쉬고 있어."

연희와 지현은 현수가 텔레포트 마법으로 사라진 자리를 멍한 시선으로 바라보고 있다. 코앞에서 벌어진 일이지만 여전히 믿기지 않은 때문이다.

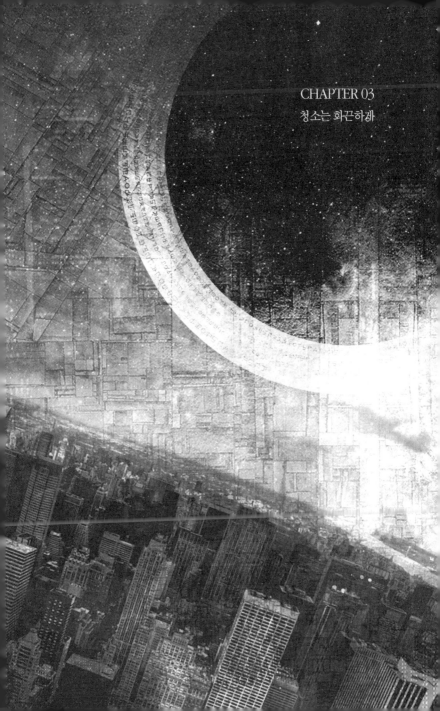

CHAPTER 03
청소는 화끈하게

일송정을 떠난 현수는 곧장 성남으로 향했다.

조금 바쁘게 움직여야 하기 때문에 가장 가까운 곳으로 이
동한 것이다. 성남에 이어 수원, 여주, 파주, 대구, 전주, 울산
등을 방문했다. 그 결과 현수의 아공간에 담긴 자의 수효는
300여 명이다.

다음엔 곧장 징벌노도 향했나. 이들 역시 똑같은 과정을 거
친 뒤 완전히 벗겨졌다.

그동안 호의호식하며 남들을 부리며 살던 놈들이라 그런
지 반항도 심했고, 항의도 많았다.

하지만 라이트닝 마법 한 방에 모두 정리되었다. 가장 목청 높여 항의하던 놈의 머리에선 연기가 모락모락 피어났다.

뇌에 조금 강한 전류가 흐른 탓에 반쯤 바보가 되었다. 그러거나 말거나이다.

다음은 단 한 번도 상상하지 못한 엄청난 고통의 연속이 선사되었다.

모두가 바닥을 데굴데굴 구르며 비명을 지르며 잘못했다고 소리쳤지만 현수는 팔짱을 낀 채 바라만 보았다.

지금까지 세상을 살면서 얼마나 많은 악행을 저질렀는지 알 수는 없지만 용서가 안 되었기 때문이다.

다음은 뒤쪽에 물러나 있던 쥐 떼의 습격이 있었다. 170~180만 마리나 되는 쥐의 습격에 비명을 지르며 혼비백산하여 도주하던 놈은 섬 주위의 아나콘다와 악어 무리를 보고는 대경실색하며 물러선다.

그리곤 황급히 섬의 중심부로 몰려들었다. 혹시라도 아나콘다와 악어가 쫓아올까 싶어서이다.

그러자 총알개미와 타란툴라 호크, 그리고 전투모기의 살벌한 공격이 재차 이어진다.

어느덧 각각의 영역이 정해진 모양이다.

"아아아악! 사, 사람 살려! 아아아아악!"

"크아악! 아아아악! 아파, 너무 아파! 아아악!"

길고 긴 비명을 지르며 바닥을 뒹구는 놈들은 대한민국 교육계 상위에 포진해 있던 놈들이다.

왜곡된 역사교과서를 채택하는 결정적인 실수를 범하지 않았다면 교사를 채용할 때마다 돈 받아 처먹는 일을 계속했을 것이다.

가만히 있었다면 학교급식을 위탁하면서 업체로부터 받는 뇌물 액수가 제법 컸을 것이다. 또한, 각종 공사를 하면서 공사비를 부풀려 차액을 빼먹는 재미도 쏠쏠했을 것이다.

동창회비 착복은 기본이고, 국고보조금 횡령, 법인회계 장부 허위기재 같은 술수도 부릴 수 있었을 것이다.

이 밖에 돈 받고 학생들의 성적을 조작하는 것도 가능하고, 편입학 대가로 학부모들에게서 돈을 받을 수도 있을 것이다.

나날이 부자 되는 일들이 그야말로 종류도 다양하게 있는 것이다. 하지만 이젠 끝이다!

오늘 아침까지만 해도 대대손손 부(富)를 물려가며 잘살 것이라 믿었을 것이다. 앞으로도 쭉 좋은 옷 입고, 큰 차를 타며, 비싼 음식을 즐길 수 있을 것이라 생각했을 것이다.

하지만 이제 남은 것은 굶주림과 목마름, 그리고 끝도 없는 고통과 극도의 공포뿐이다.

고통을 견디다 못해 스스로의 육신을 아나콘다나 악어에게 던지지 않는다면 굶어 죽어나 쥐들의 먹이가 될 것이다.

이것이 악인의 말로이고, 이것이 사회 정의이다!

그리고 청소는 이처럼 화끈하게 해야 한다.

죄 지었다고 적당히 재판한 뒤 교도소에 곱게 모셔놓고 먹을 거 다 주고, 잠자리 제공하고, 옷 헤지면 새 옷 꺼내 드리는 건 처벌이 아니다.

아침에 죄수들 일어나라고 음악 틀어주는 것도 국민의 세금이 나가는 일이다.

사회에 민폐 끼친 놈들 독서하라고 전등 켜주고, 심심하실까 봐 TV 틀어주는 것도 국민세금으로 감당한다.

살인 등의 사유로 무기징역에 처한 놈들에게 왜 국민들이 돈 내서 먹이고, 입히고, 재우고, 즐기게 부담해야 하나?

자고로 쓰레기는 깨끗하고 화끈하게 치우는 것이 상책이다. 그런 면에서 징벌도는 제대로 된 쓰레기 처리장이다.

전기제공 안 한다. 모두 발가벗고 있으니 의복 또한 당연히 없다. 식사제공은 가끔 하지만 모두 인체에 해로운 것으로만 그것도 아주 약간 제공할 계획이다.

수틀리면 이것 역시 제공 안 할 수 있다. TV는 당연히 없고, 아침 일찍 일어나라는 기상 음악도 없다.

깊은 성찰을 해보라는 명상음악도 당연히 안 틀어준다.

돈이라곤 1원도 들지 않는 명실상부한 처벌장인 것이다.

징벌도를 떠날 때 현수는 후련한 기분이 들었다.

자라나는 새싹들에게 왜곡된 역사를 가르치려던 놈들을 싸그리 잡아들인 기분이었던 것이다. 그래서 이런 말을 했다.

"아유~! 개운해."

*   *   *

"필승! 수고하셨습니다."

현수가 성남공항 격납고를 나선 시각은 새벽 3시를 약간 넘겼을 때이다. 문이 열리자 기다렸다는 듯 박철 준위가 경례를 붙인다.

"어라! 아직 퇴근 안 하셨어요?"

"김 사장님이 안에서 수고하시는데 어떻게 그러겠습니까? 그나저나 괜찮으십니까? 오늘 작업량이 좀 많았죠?"

박 준위는 진심을 담아 미안하다는 표정을 짓는다.

군인 월급에 비하면 엄청난 액수를 지불하는 일이지만 그게 거의 봉사에 가깝다는 걸 알기 때문이다.

"괜찮습니다. 근데 조종사들은 퇴근한 거죠?"

"아닙니다. 언제 끝날까 하며 대기하고 있습니다. 가시죠."

박 준위의 안내를 받아 간 곳은 창고처럼 보이는 곳이다. 조종사 대기실 내지 휴게실이 아니다. 보안 때문에 이곳에 대기시킨 듯하다.

둘이 들어서자 모두가 자리에서 일어선다.

"차렷! 경례!"

"필승!"

"……!"

현수는 예비역 육군 병장이다. 그런데 현역 공군 대위와 소령들이 경계를 붙이니 뭐라 대꾸해야 할지 난감하다.

"많이 기다리셨습니다. 저와 함께 가시죠."

"네!"

현수의 뒤를 따라 격납고로 들어간 조종사들은 지금까지 그래 왔듯 아주 상세하고 친절한 설명을 들었다.

당연히 매우 놀랍다는 표정이다. 이미 손본 기체의 조종사들이 보안을 제대로 유지했다는 뜻이다.

자세한 설명을 들은 조종사들은 나름대로 궁금한 점을 물었고, 그에 대한 성실한 답변을 해줬다.

마법이라는 것만 빼고 다 알려준 것이다. 모든 설명이 끝난 후 앱솔루트 피델러티 마법을 구현시켰다.

그러자 눈빛부터 달라진다. 지극한 호감과 더불어 흠모의 빛 등이 어우러진 것이다.

본인들에겐 미안한 일이지만 어쩌겠는가!

보안유지가 제대로 되지 않으면 미국 같은 나라로 정보가 흘러든다.

대한민국 공군엔 미국산이 많다. F—15K 같은 전투기뿐만 아니라 거의 모든 미사일이 Made in U.S.A.이다.

그렇기에 친미성향이 강한 자들이 많다. 따라서 그냥 놔두면 정보가 넘어갈 확률은 100%라고 장담할 수 있다.

그러면 분명 납치시도가 있을 것이다.

그래 봤자 아무런 해도 입지 않겠지만 상당히 귀찮다.

뿐만 아니라 부모님과 아내들, 장인, 장모, 친구, 직장동료 등 가까운 사람들에게 해가 될 수도 있다.

막을 방법이 있는데 뭐하러 그런 것을 감수하는가!

내용을 아는 모든 장병에게 절대충성 마법을 걸었기에 무슨 명령을 내리든 수행할 것이다.

내릴 명령은 많지 않다. 있다면 딱 하나!

보안을 유지하라는 것뿐이다. 따라서 군의 위상을 손상시키거나 해를 입히는 일은 없을 것이다.

"너무 늦게 끝나서 어떻게 합니까?"

박철 준위가 매우 미안한 표정이다. 현수가 아직은 신혼이라는 것을 알고 있으며, 곧 출근해야 할 시각이기 때문이다.

"괜찮습니다. 수낭 많이 만드네요, 뭘!"

"그래도……. 죄송합니다."

"아니에요. 저도 빨리 끝내야 편하죠. 내일은, 아니, 날이 밝으려 하니 오늘이네요. 아무튼 오늘은 못 옵니다. 모레는

가능할지 모르겠는데 하여튼 연락을 드릴게요."

"네, 알겠습니다. 조심해 가십시오. 필승!"

박 준위를 경례를 받으며 차에 올랐다. 밤샘 작업을 했다는 걸 알기에 SART 팀원이 운전하여 우미내 집으로 갔다.

현관문을 열고 들어가니 기다리다 잠들었는지 둘 다 소파에서 웅크린 채 잠들어 있다. 항온마법진이 가동되는 중이라 춥지는 않겠지만 이건 쉬는 게 아니다.

하여 하나하나 안아다 침대에 눕혀 놓았다.

샤워를 마치곤 서재로 들어가 마법진들을 준비했다.

공군과 해군은 물론이고 육군도 언젠가는 작업을 해야 하므로 넉넉하게 준비했다.

아직은 아무것도 없는 이실리프 자치령이지만 어느 정도 조성되면 그곳도 지켜야 한다.

그러려면 각종 병기가 필요하다. 하여 남는 시간엔 그것들을 구상했다.

적을 죽이지 않고 완벽하게 제압할 가장 완성도 높은 무기는 체인 라이트닝이 적용된 마법무구라 생각했다.

세기만 조절하면 죽이거나 제압하는 걸 선택할 수 있다.

이것은 뭉쳐 있는 적을 상대할 때 효과적이다.

서로의 간격이 10m를 넘지 않는다면 한 번에 일곱의 적을 처리할 수 있다.

엄폐나 은폐를 해도 아무 소용이 없다. 따라서 평범한 소총 정도로 생각하면 꼼짝없이 당할 수밖에 없다.

이건 보병용 무구가 된다.

이들이 쓸 전투헬멧은 방탄이 기본이다. 디오나니아 잎사귀 플러스 배리어 마법진이다. 제아무리 강력한 저격소총이라 할지라도 뚫을 수 없을 것이다.

이것은 야간에도 대낮처럼 볼 수 있는 마법이 적용된다. 그래서 자욱한 안개가 끼어 있어도 훤히 보인다.

전투복 위에 코팅될 방탄복은 당연히 디오나니아 잎사귀로 제조된 것이다.

매우 가벼우며, 전신을 보호하는 것으로 웬만한 저격소총 따윈 무시해도 될 것이다. 수류탄으로부터도 안전하다.

전투복은 당연히 항온마법이 부여된다.

전투화와 헬멧도 마찬가지이다. 이것들 전부 경량화 마법이 적용되어 무게감을 거의 느끼지 못할 것이다.

게다가 이들은 프라이벳 리메디(Private Remedy)라는 연고 형태의 상비약을 소지하고 있다.

상처를 입더라도 금방 치유되는 기적의 보선이나.

따라서 이실리프 자치구의 방어를 책임질 병사들은 불사신과도 같은 존재가 될 것이다.

벙커버스터처럼 엄청난 폭발력을 지닌 병기가 아니라면

죽일 수 없는 존재가 될 것이기 때문이다.

이실리프 자치구의 하늘을 책임질 무기는 전투기이다.

그런데 아직 개발되지 않았다.

국안부 3국과 내각조사처에서 입수한 각종 군사자료와 KAI의 데이터베이스를 합해 만들 예정이다.

필요하다면 미국을 방문하여 록히드 마틴이나 보잉을 제대로 털어낼 생각이다.

현수는 이실리프 영공을 책임질 전투기는 크기가 크지 않은 수직이착륙 전투기로 계획하고 있다.

아무 곳에나 착륙할 수 있으므로 활주로가 필요 없다. 필요한 곳 어디든 배치할 수 있음을 의미한다.

아직 어떤 엔진이 적용될 것인지 결정된 바 없으나 지상 최고의 연비를 갖게 될 것이다.

기체에 경량화 마법진까지 그려질 것이기 때문이다.

내부엔 공간 확장마법을 걸어 최대한 많은 미사일을 적재하도록 할 예정이다.

예를 들어 한국 공군의 F—15K는 사정거리 280㎞짜리 슬램 ER이나 하푼Ⅱ 등을 10톤가량 무장할 수 있다.

경량화 마법과 공간확장 마법이 결합하면 새롭게 탄생할 전투기엔 100톤 이상의 각종 미사일의 장착이 가능하다.

현재로선 완벽한 스텔스 전투기란 없다. 랩터도 무장창을

여는 순간부터는 스텔스기가 아니기 때문이다.

하지만 곧 만들어질 것은 완벽한 스텔스 기능을 갖고 있다. 방식이 다르기 때문이다.

게다가 이 세상에서 모를 비밀 하나가 있다.

퍼펙트 트랜스페어런시 마법진을 적용하여 아예 눈에 보이지 않게 할 예정이다.

레이더에 잡히지도 않고, 적외선 추적도 불가능하며, 눈에 보이지도 않는 전투기를 무엇이 상대할 수 있겠는가!

현수는 이실리프 자치령의 영공을 책임질 전투기의 이름으로 카헤리온이라는 이름을 염두에 두고 있다.

아르센 공용어로 '창공의 제왕'이라는 뜻을 갖고 있다.

현존하는 모든 전투기뿐만 아니라 구상 단계에 있는 그 어떤 것으로도 상대할 수 없기 때문이다.

설치될 성능 좋은 레이더와 우주에 자리 잡게 될 인공위성들 간의 커뮤니케이션을 통해 수천km 밖의 적 전투기도 식별해낼 수 있기 때문이다.

과학과 마법의 조합이 이루어낼 성과이다.

인공위성은 각종 최신기술 정보를 집약하여 세트렉아이에서 제작할 예정이다.

이것의 발사는 거의 완성되어 가고 있는 반중력 마법이 책임질 것이다. 아무런 발사체 없이 인공위성만 우주로 솟아오르는 것이기에 외국에서 눈치채기는 힘들 것이다.

이렇게 하여 궤도에 자리 잡게 될 각각의 위성은 무장되어 있다. 외계로부터의 공격이 있을 수 있음을 대비한 것이 아니다. 미국, 러시아, 지나, 일본, 영국, 프랑스, 인도 등 세계 각국에서 쏘아올린 위성 중 적대적 국가의 것으로 확인된 것들을 제어하기 위함이다.

현재 지구 주위 우주에는 운용 중인 위성과 임무가 다한 위성, 그리고 로켓 잔존물 등을 합해 약 2만여 개 정도가 있는 것으로 파악되고 있다.

이것들의 공통점은 금속으로 이루어진 부분이 많다는 것이다. 이에 착안하여 각각의 위성엔 메탈 디텍션 마법진이 그려져 있다. 이걸 가동시키면 다른 위성의 위치가 파악된다.

그쪽으로 이동하거나 길목에 자리 잡고 있다가 낚아채면 된다. 그리고 강력한 라이트닝 마법 한 방이면 위성은 모든 성능을 잃은 우주 쓰레기가 될 것이다.

이실리프 자치구는 바다에 접해 있지 않다. 따라서 해군에 해당하는 무력이 없을 것이라 여길 것이다.

하지만 최소한 5대의 잠수함을 계획하고 있다.

1번함은 김현수함, 2번함은 권지현함 3번함은 강연희함, 4번함은 이리냐함이다.

이것들은 당연히 각종 마법으로 도배된 것들이다.

각각엔 엄청난 양의 미사일과 어뢰가 적재될 것이다. 혼자서 한 나라의 해군 전부를 작살내고도 남을 능력이다.

김현수함은 아프리카 서쪽 바다에 머무른다. 권지현함은 동쪽에서 초계 임무를 맡는다.

강연희함은 동해에 머물면서 일본을 감시할 것이고, 이리냐함은 황해에서 지나를 눈여겨 볼 것이다.

만일 이실리프 자치구가 공격받게 되면 각각은 지닌 화력을 총동원하여 적의 전부를 제거할 것이다.

마지막 5번함은 이실리프함이다.

사랑하는 아내들과 바다 속 여행을 즐기기 위해 제작하려는 것이다. 이것은 외부를 살필 수 있는 고성능 영상 및 조명 장치가 장착되어 바다 속 풍경을 감상할 수 있다.

그렇다 하며 유람용 기능만 있는 건 아니다. 이것 역시 강력한 무장을 갖춰 유사시엔 전투에 참여한다.

돈은 많이 들겠지만 이건 돈이 문제가 아니다.

이실리프 자치구가 황금알을 낳는 거위라는 판단이 서면 이를 빼앗으려는 무리가 반드시 발생할 것이기 때문이다.

가만히 있으면 아무렇지도 않으나 누구든 건드리기만 하면 파멸의 길을 걷도록 할 예정이다.

"다녀올게!"

"오늘은 어디로 가시는데요?"

"오늘은 평택에 있는 2함대 사령부에 볼일이 있어."

"천지건설에서 무기도 만들어요?"

지현의 말에 현수가 무슨 뜻이냐는 표정을 지었다.

"그렇잖아요. 어제는 성남 공항에 갔고, 오늘은 평택 제 2함대로 간다면서요. 거긴 각각 공군과 해군이 관련된 곳이잖아요."

"아! 그래서……?"

현수가 알았다는 듯 고개를 끄덕이자 지현이 어서 대답하라는 표정이다.

"전투기와 해군 함정들에 마법을 부여하는 중이야."

"…그래도 돼요? 자기가 마법사인 건 비밀이잖아요."

"그래, 당연히 비밀이지. 그래서 최대한 과학적인 척하고 있어."

"…조심하셔요."

지현은 검찰청에 근무하고 있다.

그 안에는 권력 실세들이 수시로 드나든다. 그들이 어떤 생각으로 어떠한 일을 벌이는지 다 알고 있다.

때론 말도 안 되는 일을 벌이기도 하고, 이를 은폐하기 위한 공작도 서슴지 않는다. 그럼에도 지현이 내부고발자가 되지 않은 이유는 명백한 증거를 잡을 수 없기 때문이다.

설불리 덤벼들었다간 선불 맞은 멧돼지 같은 추악한 인간들에 의한 피해만 입을 뿐이다.

아버지가 현직 고검장이라도 이러하다. 그렇기에 차근차근 증거를 모으는 중이다. 지금은 힘과 증거가 부족하여 말을 못하고 있을 뿐 언젠가는 터뜨릴 생각인 것이다.

남편이 현수가 아니었더라도 지현은 이렇게 할 것이다. 부친인 권철현 고검장으로부터 배운 게 이러하기 때문이다.

제군들!

우리는 이 사회의 썩은 부분을 도려내는 칼이다.

그러니 불의를 보거든 절대 참지 말라!

그것이 국민이 우리에게 준 소임이다.

불의가 분명함에도 제거할 수 없거든 증거를 모아라.

언젠가는 꼭 그 불의가 타파되도록 전력을 기울여라.

우리는 사회정의 구현을 위한 마지막 보루[8]이다. 우리가 썩으면 이 나라는 구원받지 못한다.

그러니 썩어빠진 권력이 있거든 참고 견뎌라

이 세상에 영원한 권력은 없었다. 참고 견디면 그 썩은 권력의 잔재는 물론이고, 핵심까지 징치할 날이 올 것이다.

---

8) 보루(堡壘) : 적의 침입을 막기 위하여 돌이나 콘크리트 따위로 튼튼하게 쌓은 구축물. 지켜야 할 대상을 비유적으로 이르는 말.

우리는 검사이기 이전에 이 나라 국민이다. 이것을 결코 잊지 않도록 매일 되새기길 바란다.

마지막으로 대한민국의 주권은 국민에게 있고, 모든 권력은 국민으로부터 나온다.

이것이야말로 우리가 절대 잊으면 안 될 금과옥조이다.

국민들이 우리를 믿을 수 있도록 다 같이 노력하자.

권철현 고검장의 서울고검장으로 취임사이다.

이걸 보면 현수의 장인은 언행일치의 삶을 사는 몇 안 되는 존경받을 만한 이 사회의 어른이다.

아내는 어여쁘고, 장인은 뛰어난 인물이다. 게다가 장모는 더없이 현숙하며, 자애롭다.

연희의 조부는 재벌이면서도 사회사업에 관심이 많다. 이미 상당히 많은 돈을 복지사업에 쓰고 있는 중이다.

양평엔 너른 땅을 매입해 놓고도 자연훼손이 마음에 걸려 사업승인 신청서 접수를 보류시켰다.

경관 좋은 곳에 널찍하고 멋진 집을 지어놓고는 이 사회에 득이 되지 못한 인간에겐 분양할 수 없다 공표했다.

그 결과 지난 정권 때 상당한 곤혹을 겪었다. 썩지 않은 인간이 드문 정권이었기 때문이다.

피해를 본 대표적인 예를 꼽자면 천지건설이 수주한 관급

공사에서 손실이 발생된 것이다.

지난 정권 초기에 천지건설은 관급공사 입찰에 참여하여 낙찰받은 바 있다.

공사가 시작되자 단속기관 공무원들이 차례로 방문했다.

그리곤 비산먼지 가림막 및 세륜과정에서 발생되는 폐수억제시설, 그리고 방진벽 등을 트집 잡았다.

근린공원 지하주차장 건설공사임에도 거의 완전무결한 무균실 상태에서 공사를 하라는 요구를 한 것이다.

일례로, 공사장을 드나든 건설장비의 바퀴에 살수한 물은 1급수 상태로 방류해야 했다.

공사로 교통흐름의 방해가 되면 안 된다며 끊임없이 주 · 정차위반 단속을 실시했다. 가림막이 보기에 좋지 않으니 치장하라는 말도 안 되는 요구도 했다.

결국 이득은커녕 손실만 입은 채 준공되었다.

이후 천지건설은 관급공사 입찰에 참여하지 않고 있다.

정권의 하수인이 된 일부 썩어빠진 공무원들과는 얼굴조차 마주하고 싶지 않기 때문이다.

사람들은 천지건설의 괘씸죄 때문이라는 말을 많이 했나. 그럼에도 권력자들을 상대로 한 뇌물로 무마[9]하지 않았다.

그러자 아파트 공사를 시작하면 온갖 치졸한 방법까지 동

---

9) 무마(撫摩) : 손으로 어루만진다는 뜻으로 분쟁이나 사건을 어물어물 덮어버림.

원하여 훼방하기를 주저하지 않았다.

임기가 끝나기 전에 천지건설이 망하는 꼴을 보고야 말겠다는 듯 그야말로 대놓고 지랄발광을 한 것이다.

하지만 천지건설은 망하지 않았고, 권력의 핵심은 바뀌었다. 오히려 외국에서 수주한 대규모 공사로 잘나가는 중이다.

세인들은 모르지만 현재 천지그룹 전체에서 숙정작업이 진행되는 중이다.

참고로 숙정(肅正)이란 숙청(肅淸)과 다른 말로 부정함을 엄격히 단속하여 바로잡는다는 뜻이다.

하여 지난 권력과 조금이라도 연관이 있는 자들은 모두 명퇴를 권고 받거나 대기발령 상태이다.

1분 1초도 함께하고 싶지 않은 인간들이기 때문이다.

이들에 대한 블랙리스트는 일찌감치 작성되었고, 천지그룹 계열사 전체에 뿌려진 상태이다. 하여 이번에 잘려 나가면 영원히 천지그룹과는 아듀가 되는 것이다.

이연서 회장은 재벌총수이면서도 부를 축적하는 과정에서 정치권과 결탁한 적이 없다.

아마도 대한민국 역사상 초유의 일일 것이다.

그룹이 만들어지기까지 100% 정정당당했다고는 말할 수는 없지만 다른 재벌들과 비교해 보면 재산형성 과정이 매우 투명한 편이다.

불법을 저지르거나, 매점매석을 한 적 없다. 노조가 만들어 지지 못하도록 탄압하거나 방해하지도 않았다.

하청사들의 납품단가 후려치기 같은 것도 하지 않았다.

그리고 부정하게 상속받은 재산으로 인한 그룹이 아니다.

이연서 회장 특유의 사업 감각으로 이만큼 큰 것이다. 다시 말해 자수성가한 그룹이다.

미래를 보는 안목과 과감한 투자가 오늘날의 천지그룹을 만들어낸 것이다. 그리고 지금은 건설을 중심으로 하여 전체 가 커나가는 중이다.

은행권에서 빌렸던 자금은 거의 모두 상환되고 있다.

아울러 100% 현금 결제와 무차입 경영을 목표로 개편되는 중이다.

그중 핵심이 현수이다.

현수가 입사하여 콩고민주공화국에서 제대로 된 사고를 치면서 천지그룹은 나날이 성장하는 중이다.

다른 재벌사들은 침체된 경기의 여파로 규모축소를 하고 있다. 하지만 천지그룹만 인원을 늘리는 중이다.

홀로 호황을 겪고 있는 것이다.

그리고 이 호황은 아주 오래 지속될 예정이다.

세계 곳곳에 자리 잡은 이실리프 자치구들이 모두 완성되 려면 상당한 시간이 걸릴 것이기 때문이다.

따라서 주로 외국에서 공사를 수행하게 된다. 정권과 결탁한 부패한 공무원들과 대면할 일이 점점 줄어드는 중이다.

회사 입장에선 아주 좋은 일이다.

현수가 2함대 사령관실의 문을 열고 들어서자 업무를 보고 있던 심홍수 소장이 환히 웃으며 일어선다.

"그간 안녕하셨지요?"

"하하! 그럼, 그럼! 어서 오시게."

심 소장이 안내한 자리에 앉자 준비하고 있었다는 듯 커피를 내온다.

"오늘 김 사장이 온다 하여 특별히 준비했네."

"아! 그래요?"

현수는 커피향 그윽한 잔을 들어 한 모금 들이켰다.

"어떤가?"

"흐음! 이건… 루왁인가요? 맛이 깔끔하네요."

"하하! 역시 금방 알아내는군."

심 소장은 기분 좋은 듯 환히 웃는다.

며칠 전, 심 소장은 고등학교 동기모임에 참석했다. 이때 인도네시아로 출장을 다녀온 친구가 루왁 커피를 선물했다.

커피열매가 사향고양이의 소화기관을 통과한 것으로 만든 커피이다. 그래서 사향고양이 커피라고도 불린다.

이것의 특징은 특유의 쓴맛이 거의 없다는 것이다. 그리고 부드러우면서도 깔끔한 맛이라 매우 비싸다.

심 소장은 현수가 온다 하자 기꺼이 내놓은 것이다.

커피잔을 비울 때까지 심 소장은 별다른 이야길 꺼내지 않고 빙그레 웃기만 했다.

맨 처음 손봐준 양만춘함은 현재 작전 중에 있다. 일본과 지나 영해를 수시로 드나들며 스텔스 성능을 체크 중이다.

결론부터 말하자면 두 나라 모두 양만춘함의 존재를 전혀 눈치채지 못했다.

수상함은 물론이고, 자국의 바다 속을 초계하던 잠수함들조차 양만춘함을 인식하지 못했다.

참고로, 지나는 093형 및 094형 핵잠수함을 일선 부대에 배치하는 중이다. 현재 68척의 잠수함을 보유하고 있다.

일본도 잠수함 전력을 늘려 22척을 갖고 있다.

양만춘함은 일부러 이들이 있을 만한 곳을 돌아다녔다. 하지만 단 한 번도 레이더엔 잡히지도 않았다.

시속 42노트로 항진해도 스크류 소음이 28.2데시벨에 불과하다. 이러니 어찌 알아낼 수 있겠는가!

우리 해군 최초의 '지역 방공함'은 KD-2급 구축함으로 지난 2003년과 2008년 사이에 6척이 전력화되었다.

4,200t급인 KD-2는 KD-1에서 부족했던 대공, 대잠, 전

자전 능력을 향상시킨 것이다.

그리고 제한적이지만 스텔스 성능도 갖췄다. 특히 '개함 방공'에서 '지역 방공함'으로 역할을 키운 것이다.

1번함 이순신, 2번함 문무대왕, 3번함 대조영, 4번함 왕건, 5번함 강감찬, 6번함 최영으로 명명되었다.

이것들은 원래 최고속도 29노트, 순항속도 17노트, 순항거리 8,800㎞ 정도였다.

그런데 현재는 최고속도 41.5노트, 순항속도 23.8노트, 순항거리 105,600㎞로 바뀌어 있다.

추진기 소음은 28.2㏈로 줄어들어 잠수함에서 탐지할 수 없는 수준이 되었다. 뿐만 아니라 어떠한 레이더로도 잡아낼 수 없는 완벽한 스텔스함이 되었다.

미국이 자랑하는 F—22 랩터의 경우 말벌 크기로나마 인식이 된다. 하지만 충무공 이순신함급 구축함 6척은 한 점으로도 잡히지 않는다.

여기에 실려 있던 수퍼링스도 대대적인 변신을 했다.

프로펠러 소음이 110㏈에서 30㏈ 이하로 확 떨어졌다.

1,046㎞에 불과하던 항주거리는 15,700㎞로 늘어났다.

물론 이것 역시 완벽한 스텔스화가 되었다.

KD—2 구축함들은 KD—3 세종대왕급에 비해 부족한 점이 있었다. 그런데 그 차이를 단숨에 극복해 버린 것이다.

하여 이 여섯 척만으로도 일본 해상자위대의 호위대군쯤은 거뜬히 물리칠 수 있게 되었다.

KD—2에는 SM—2 대공미사일 32발이 있으므로 이지스함처럼 방공구축함이라 할 수 있다.

이 밖에 국산 SSM—710K 해성 함대함 미사일이 8발 실려 있다. 또한 8발의 홍상어 대잠 미사일과 6발의 청상어 어뢰도 있다. 해성—2 함대지 미사일도 있다.

KD—2급은 여섯 척이므로 대공미사일 172발, 함대함 미사일 48발, 대잠미사일 48발, 어뢰 36발이 있는 셈이다.

해상자위대 제3호위대군은 교토부 마이즈루 기지에 있다.

이것은 헬기 구축함 1대, 이지스 구축함 2척, 구축함 5척이 주요 전력이다.

만일 KD—2 한 척이 은밀히 다가가 공격한다면 어떤 일이 벌어질까?

이쪽에선 저쪽의 위치를 정확히 알고, 저쪽은 우리가 어디에 있는지 전혀 모르는 상황이다.

아마도 혼란에 빠져 헤매다가 궤멸되고 말 것이다.

아무튼 심 소장은 양만춘함을 비롯한 KD—2 구축함들을 생각할 때마다 흐뭇하고 든든하다.

천군만마가 지켜주는 기분이 드는 때문이다.

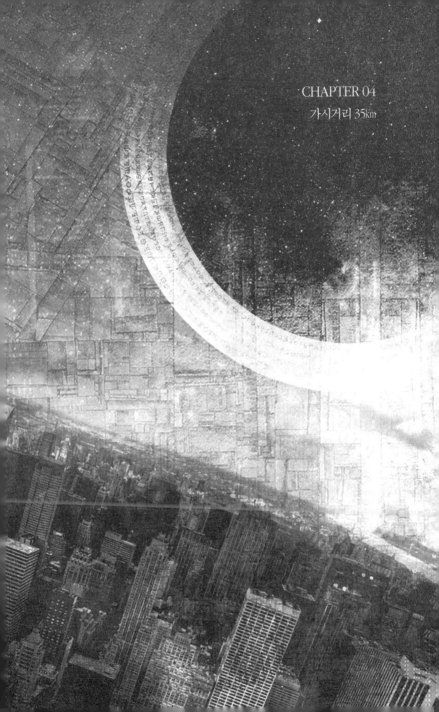

CHAPTER 04
가시거리 35㎞

"제가 오늘 손볼 건 어떤 겁니까?"

"오늘은 214급 잠수함들이네."

"그럼 4척 다 와 있는 건가요?"

"그러하네. 수고 좀 해주시게."

이것들은 1,800톤급으로 우리 해군의 전략무기이다.

모두 4척이 진수되었는데 1번함은 손원일, 2번함은 정지, 3번함은 안중근, 4번함은 김좌진으로 명명되었다.

길이 60m, 폭 6.3m, 최고속력 20노트(시속 37㎞), 승조원 40명이다.

어뢰와 기뢰, 그리고 수십 발의 유도탄과 사정거리 1,000㎞가 넘는 순항미사일도 탑재되어 있다.

대함, 대공, 대잠전이 가능하고 레이더와 음향탐지 소나를 이용해 지상과 공중 표적 300개를 동시에 탐지할 능력이 있다.

아울러 공기불요추진(AIP) 시스템이 갖춰져 2주간 잠항이 가능하다.

그리고 한 번 나가면 15,000㎞ 정도 운항할 수 있다.

현수는 뇌리를 스치고 지나는 각종 정보를 떠올리고는 고개를 끄덕였다.

"준비는 되어 있는 겁니까?"

"그러네, 고복현 소령 지휘하에 모두 준비된 상태이네."

"알겠습니다. 그럼 손원일함부터 시작하죠."

"고맙네."

현수가 일어서자 심 소장 또한 따라 일어서며 손을 내민다. 악수를 하자는 뜻이다.

하여 두 손으로 맞잡자 환히 웃으며 흔든다.

"자넨 우리 해군의 복이네. 복! 하하하! 하하하하!"

함대 사령관실을 나서니 고복현 대위가, 아니, 소령이 환히 웃고 서 있다.

"오랜만입니다. 고 소령님!"

"김 사장님 덕분에 진급했습니다. 감사합니다."

"아이고, 무슨 말씀을……! 아무튼 진급 축하드립니다."

"하하! 네에, 나중에 술 한 잔 사겠습니다."

"아! 그래요? 그럼 비싼 술 먹어야겠습니다. 요즘 소령 월급 많이 받죠?"

"에구, 이거 왜 이러십니까? 군인 월급 얼마나 된다고……. 거대 은행 은행장님이……! 하하, 아무튼 가시죠."

현수는 고 소령의 안내를 214급 손원일함 안으로 들어갔다.

승조원 전원 퇴함명령을 받았기에 아무도 없었다.

오늘 하루 214급 잠수함 4척의 승조원들은 체육대회를 한다. 축구와 족구 토너먼트가 진행된다. 점심때엔 맛있는 뷔페 음식을 먹고 오후 경기를 속행한다.

저녁 식사 후엔 '붉은 10월'과 '유령'이라는 영화를 본다.

둘 다 잠수함과 관련 있는 영화이다. 이게 끝나면 거나한 술판이 벌어질 예정이다.

잠수함 업그레이드는 특급기밀에 해당된다. 하여 모든 작업이 마쳐질 때까지 아무도 봐서는 안 되기 때문이다.

"흐음! 어디 보자, 먼저 엔진부터……."

현수는 연비개선을 시작으로 소음저감, 완벽한 스텔스, 그리고 속력향상 작업을 진행했다.

전파, 음파 및 전자기파 흡수마법진은 214급 잠수함들을 완벽한 스텔스 잠수함으로 바꿔놓았다.

이제 적의 레이더 및 음탐으로부터 벗어났다.

운항거리는 180,000㎞로 12배 늘어났다. 이제 한 번 연료를 가득 채우면 지구를 네 바퀴 반이나 돌 수 있다.

수중 최고속력은 40노트(시속 74㎞)가 되었다.

이전의 2배이다. 선체에 그리스 마법과 헤이스트 마법진을 적용한 결과이다.

논 노이즈 마법은 추진기 소음을 28㏈ 정도로 낮추는 역할을 한다. 따라서 거리가 아무리 가까워져도 적은 음탐으로 214급을 탐지해 낼 수 없게 되었다.

이 마법진은 어뢰발사구에도 부착되어 있다. 주수음을 차단하기 위한 목적이다.

참고로 214급 잠수함엔 533㎜ 어뢰발사관 8구가 있고, 이 중 넷은 하푼 미사일 발사가 가능하다.

이것들은 발사 즉시 헤이스트와 논 노이즈 마법이 구현된다. 하여 속도는 빨라지고 항주음은 거의 들리지 않는다.

이제부터는 어뢰를 발사하기 위해 500m 이내로 접근해도 된다. 이 상태에서 발사되면 적은 회피기동으로도, 디코이 발사로도 어뢰를 피할 수 없을 것이다.

하긴 쏜살보다도 빠른 어뢰를 움직임 둔한 잠수함이 무슨 재주로 피하겠는가! 이로써 4척의 214급 잠수함은 명실상부한 침묵의 킬러가 되었다.

딱 하나 문제가 있다면 핵잠수함처럼 무한정 바다 속을 돌아다니지 못하고 2주에 한 번은 부상해야 한다는 것이다.

모든 게 완벽할 수 없으므로 이것은 내버려 두었다.

다만 실내공기가 탁해지고 냄새나는 걸 더디게 할 목적으로 곳곳에 에어 퓨리파잉 마법진을 설치했다.

작업을 하다 남는 시간엔 미완 상태로 남아 있던 반중력 마법에 관한 생각들을 정리했다. 덕분에 98%쯤 완성되었다.

해군도 유익하지만 현수도 값진 시간을 가진 것이다.

작업을 마치고 나오자 고복현 소령이 환히 웃는다.

"필승! 수고하셨습니다."

"하하! 네에. 수고 많이 했지요."

현수는 짐짓 피곤한 척 이마의 땀을 닦는 시늉을 했다.

"저어, 내일 또 와주실 수 있는지요?"

"네……?"

"저쪽에 209급들이 점검받으러 와 있거든요."

"…아! 그래요? 그럼 기왕에 온 거니 그냥 이어서 하죠."

"…그, 그래 주실 수 있겠습니까? 그럼 식사부터 하죠. 아까부터 굶으셨잖아요."

"하하! 네에, 그렇지 않아도 배가 좀 고팠습니다."

현수는 짐짓 너스레를 떨었다.

"그, 그럼 가시죠."

고 소령이 안내한 곳을 평택항 인근의 소문난 맛집이다.

주문한 것은 간장게장이 포함된 꽃게탕이다. 1인분 가격이 무려 50,000원이나 하는 집이다.

비싸서 그런지 손님이 없어 이야기하긴 좋았다.

고복현 소령은 현수 덕분에 진급했다면서 오늘 식대를 내겠다고 했다. 하지만 어찌 그럴 수 있겠는가!

소령 1호봉은 2,049,700원이다.

현재 현수의 월 급여는 25억 원이다. 1,200배쯤 더 번다.

이건 천지건설 부사장으로서 받는 급여이다.

천지기획 사장 명목으로 받는 급여는 월 5억이다.

이 밖에 이실리프 무역상사 회장, 이실리프 상사 회장, 이실리프 어패럴 회장, 대한의약품 상임고문 등으로 받는 급여는 별도이다.

여기에 각 회사로부터 벌어들이는 이익금도 별도이다.

그리고 주식을 보유한 토종 제약사 전부로부터 받을 이익 배당금도 별도이다. 따라서 소령 월급은 새 발의 피에도 미치지 못할 액수이다.

"그나저나 우리 해군을 위해 너무 애써주시는데 드리는 것도 별로 없고 합니다. 그래서 제가 더 죄송하네요."

"아이고, 아닙니다. 고 소령님이 왜……. 국민의 한 사람으로서 하는 일인걸요."

"사령관님도 무척 미안해하시는 거 아시죠?"

"그래요? 아니신 거 같던데요?"

"네?"

"하하! 농담입니다. 농담! 하하하!"

"에구……!"

고 소령은 잠시 놀랐었다는 듯 가슴을 쓸어내린다.

"으이그~! 무슨 군인이 이렇게 잘 놀랍니까?"

"하하! 제가 조금 그랬네요. 하하하!"

어느새 신색을 되찾은 고 소령은 너털웃음을 짓는다.

차를 몰아 사령부로 되돌아올 때 전화가 걸려왔다.

209급 잠수함 1번함인 장보고함의 개조 준비가 마쳐졌다는 내용이다.

대한민국 해군이 보유하고 있는 209급 잠수함은 1,200톤급으로 9척이 있다.

1번함 장보고, 2전함 이천, 3번함 최무선, 4번함 박위, 5번함 이종무, 6번함 정운, 7번함 이순신, 8번함 나대용, 9번함 이억기로 명명되었다.

제원은 길이 56m, 높이 6.2m, 폭 5.5m이며 33명의 승조원이 탄다.

209급은 작지만 강하다. 그리고 한국 해군은 잠수함 운용에 탁월한 재능이 있다. 하여 이야기 거리가 꽤 많다.

1번 장보고함은 림팩 2004에서 미국 존 스테니스 항공모함을 포함한 가상의 적 수상함 전부를 어뢰 공격하고 한 번도 탐지되지 않는 기록을 세운 바 있다.

LA급 잠수함 2척만 공격 못했을 뿐이다.

4번 박위함은 림팩 2000에서 11척을 가상 격침시켰다. 아울러 유일하게 최후까지 생존하였다.

이때 한국 해군 잠수함 최장 항해기록을 세운 바 있다. 진해에서 하와이까지 왕복 30,000km를 항해한 것이다.

5번 이종무함은 림팩 98에 참가하여 한국 잠수함 최초로 참가하여 13척의 함정을 가상 격침하는 기록을 세웠다.

8번 나대용함은 림팩 2002에 참가하여 10척의 함정을 가상 격침시킨 바 있다.

이런 209급의 최고 속도는 수중 21.5노트, 수상 11노트이다. 수중 10노트의 속도로 항해하면 15,000㎞를 갈 수 있다.

주변국가의 잠수함에 비하면 결코 뛰어난 성능이라 할 수 없는 것이다.

현수는 장보고함과 이천함을 개조하였다.

그 결과 개조된 214급에 버금갈 성능을 갖게 되었다.

일본이나 지나에 비해 확연히 보유대수는 적지만 209급과 214급은 일당백으로 개조되었다.

2007년 미국의 5세대 전투기 F—22 랩터는 다른 전투기와 가상대결을 펼친 바 있다.

알래스카 공군기지에서 벌인 이 모의공중전에서 F—22 한 대는 144대의 F—15, F—16, F—18를 격추시켰다.

실제로 F—22는 러시아의 최신형 전투기 수호이—35 10대를 동시에 격추시킬 수 있는 능력을 보유하고 있는 것으로 알려져 있다.

지나의 최신예기인 젠—10도 F—22와 비교하면 확연한 열세라는 평가가 일반적이다.

현수가 손본 잠수함들이 바로 이런 상황이다.

한국 해군은 209급 9척과 214급 4척을 보유하고 있다.

이것들의 개조작업이 마쳐지면 한국은 1,300척의 잠수함을 보유한 것이나 다름없다.

작업을 마친 현수는 함대사령부에서 제공한 호텔에서 잠시 수면을 취하는 척했다.

밥도 먹어야 했고, 너무 오랜 시간 동안 작업하였다는 것을 알기에 휴식을 취하는 시늉이라도 해야 했기 때문이다.

다음 날, 나머지 7척의 잠수함을 모두 손봐줬다. 이런 선 빨리 봐줘야 했기에 바쁘지만 출근도 미룬 것이다.

내리 이틀을 오로지 잠수한 개조에만 매달리게 한 것이 미안했는지 강병훈 해군참모총장이 찾아와 감사의 뜻을 전했다.

　　　　*　　　　*　　　　*

　평택항에서의 일을 모두 마치고 올라온 현수는 기획영업
단 사무실에서 보고서를 읽고 있다.

　그러다 문득 떠오른 상념이 있었다.

　지난 3월 12일부터 실라디온으로 하여금 지나의 공기이동
을 억제시켰다. 그리고 오늘은 18일이니 7일째 되는 날이다.

　1주일이 지났으니 어떤가 싶었던 것이다.

　"아리아니!"

　"네, 주인님!"

　"실라디온더러 지나의 상황에 대해 알아오라고 해."

　"네, 주인님!"

　직접 실라디온을 불러 지시를 내릴 수 있지만 아리아니의
입장을 고려한 것이다.

　다시 보고서를 읽고 있는데 아리아니가 날아와 어깨 위에
앉는다. 그 짧은 사이에 온 동네를 헤집고 다니며 공원이며
주택의 정원 등을 돌보는 중이다.

　"주인님!"

　"어! 그래. 어떻게 되었대?"

　"현재 가시거리 2m래요. 도로엔 차가 안 다니고, 사람들도

집 안에만 머문대요, 마치 유령 도시 같대요."

"그래? 알았어."

인터넷에 접속하여 확인해 보니 지나는 현재 더 이상 심각할 수 없는 대기오염과 전쟁 중이다.

가시거리가 5m 내로 줄어들면서 모든 공장의 가동중지와 차량에 대한 사용중지 명령이 떨어졌다.

공장들은 즉각 멈췄다.

그럴 수밖에 없는 것이 자동차 사용중지 명령이 떨어지면서 출근하지 못하는 인원이 늘었기 때문이다.

공장들이 멈추자 오염의 심화속도는 약간 줄었다.

그런데 자동차 사용중지 명령은 즉각적이지 못했다. 지나인 특유의 이기심이 작용한 탓이다.

북경엔 약 550만 대의 차량이 등록되어 있다. 이 중 50여만 대가 말을 듣지 않고 운행을 계속했다.

이에 당국은 세 번에 걸친 경고방송을 송출했다.

그럼에도 도로를 주행하던 차들은 조금씩 늘고 있었다.

옆집 사람이 차를 끌고 다니는데 나는 왜 안 되나 하는 생각을 한 모양이다.

이것들은 '69식 화전통' 이라는 이름으로 불리는 RPG―7에 의해 산산조각 났다. 휴대용 대전차미사일이니 웬만한 승용차는 가루가 될 판이다.

뉴스에서 36대의 차량이 폭파되는 장면이 송출되자 도로를 주행하는 하는 차량은 완전히 사라졌다.

현재 모든 학교가 폐쇄되었고, 거의 모든 직장 역시 업무가 중지된 상태이다.

사람들은 패닉 상태로 TV에 시선을 고정시키고 있다. 매시간 오염도를 보도하기 시작한 때문이다.

이 즈음이면 서풍이 불어와 오염된 공기를 한반도 상공 내지는 일본 상공으로 이동시켜야 정상이다.

한반도 사람들이야 죽을 맛이겠지만 자신들은 별 피해 없으니 상관없다 여기곤 했다.

그런데 7일째 바람 한 점 불지 않는다.

이 상태에서 기온이 떨어지기 시작했다. 스모그가 햇볕을 차단한 때문이다.

당연히 석탄 난로 및 보일러 난방 시간이 늘어났다.

그런데 이런 화석연료 난방은 초미세먼지 생성의 70%를 차지하는 것이다. 따라서 오염도는 점점 더 심해졌다.

이에 당국은 난방 중지 명령을 내렸다.

3월 중순이지만 지난 7일간 북경의 평균 기온은 $-5℃$ 이하에 머물러 있었다. 하여 추워 죽겠는데 난방까지 못하게 한다며 불평을 늘어놓고, 항의했다.

이 기간 동안 지나의 최대 정치행사인 양회가 개최되었다.

지나의 국회격인 전국인민대표대회(전인대)와 전국인민정치협상회의(정협)에서 가장 심각하게 다룬 문제는 당연히 대기오염 문제였다.

마스크를 낀 채 회의할 정도였으니 다른 것보다 우선일 수밖에 없다.

하여 이극강 총리는 전인대 폐막식 직후 가진 내외신 기자회견에서 다음과 같이 스모그와의 전쟁을 선포했다.

오염 및 스모그에 대한 전쟁 선포는 대자연을 대상으로 하는 것이 아니라 우리의 생산요소 투입 위주의 생산 및 생활방식을 대상으로 하는 것입니다.

자본과 노동력을 투입해 무작정 경제를 성장시키는 방식에서 벗어나는 것으로 스모그 문제를 잡겠다는 것입니다.

실제로 스모그는 작물의 생장에 큰 영향을 끼친다.

고추 씨와 토마토 씨는 실험실 인공조명 아래서는 20일이면 싹을 틔운다. 그러나 북경의 한 비닐하우스에서는 싹을 틔우는 데 2개월 이상 걸렸다.

심각한 스모그 탓에 일조량이 줄었기 때문이다.

일조량이 감소한 결과 식물성장에 필수적인 역할을 하는 광합성작용이 원활하게 이뤄지지 않고 있는 것이다.

이런 결과로 지나의 농업생산량이 줄어들 수 있음을 경고 받은 직후에 나온 발표이다.

아무튼 전인대는 모든 석탄난로 및 석탄보일러 사용중지를 명령했다. 아울러 노후된 차량은 강제 폐차하라는 명령 또한 내려졌다. 뿐만 아니라 모든 공장은 즉각 매연저감장치를 필수적으로 설치하도록 했다.

일련의 명령에 따르지 않는 자들은 재산몰수에 이어 총살이라는 극형으로 다스린다 하였다.

주민들은 69식 화전통으로 승용차들을 날려 버리는 뉴스를 보고 즉시 자동차 운행을 중지했다.

몰래 난방하던 집 식구 전체가 현장에서 사살되는 장면도 뉴스에 보도되었다. 7가구 26명이다.

그 즉시 모든 난방도 멈췄다.

핵겨울(핵전쟁 후 예상되는 저온현상)과 유사한 상황인지라 주민들의 반발은 거의 없었다. 현 상태로 가면 모두가 죽는다는 걸 알기 때문이다.

간간히 도로를 오가는 사람이 있는데 마스크가 아니라 방독면을 착용한 상태이다.

안 그러면 호흡하기 곤란할 지경이기 때문이다.

"흐음, 이제 정신 좀 차렸으려나?"

"며칠만 더 놔두면 다 죽을 거래요."

아리아니의 말이다.

"흐음, 비는 누가 관장하지?"

"비는 당연히 물의 정령 엔다이론이 관장하지요. 하지만 현 상황에선 실라디온도 있어야 해요."

"그래? 그럼 둘 다 불러줘."

"네, 주인님!"

실라디온은 근처에 있지만 엔다이론은 아주 먼 곳에서 작업 중이다. 그렇기에 제법 긴 시간이 흘렀다.

"마스터를 뵙사옵니다."

"아! 엔다이론, 어서 와."

"네, 마스터! 불러주셔서 감사하옵니다."

엔다리온이 한 무릎을 꿇으며 양손으로 땅을 짚은 채 정중히 고개 숙인다. 사극에서 보던 무수리 같은 모습이다.

게다가 말투까지 그렇다.

'으이그! 손발이 다 오글거리네.'

"하명하실 것이 있사오면 말씀만 하소서. 마스터!"

"그래! 실라디온하고 협력해서 지나에 비 좀 적당히 뿌리게 해줘."

"비요? 방금 비라 말씀하셨사옵니까?"

"그래. 저쪽 공기가 지금 상당히 더러워, 그러니 그게 말끔히 씻겨 가도록 비가 내리게 해줘."

"대기가 말끔해질 때까지요?"

"응! 실라디온은 공기가 깨끗해지면 다시 원래대로 하고."

"네, 마스터!"

실라디온이 고개 숙이다.

"그럼, 가봐!"

"네, 마스터!"

실라디온과 엔다이론이 물러간 후 현수는 보고서에 시선을 집중시켰다. 회사의 기대가 큰 만큼 리우데자네이루 건을 성사시키기 위함이다.

그러는 동안 북경엔 비가 내리기 시작했다. 천둥번개를 동반한 폭우이다. 하지만 바람은 불지 않는다.

북경의 3월 강수량 평균은 9㎜이다. 그런데 지금 시간당 100㎜가 넘는 비가 퍼붓는다.

현수는 공기가 말끔해질 때까지 비를 뿌려달라고 했다. 하여 엔다이론과 실라디온은 전력을 기울이는 중이다.

2014년 3월 18일에 시작된 비는 3월 20일에야 그친다. 사흘 동안 내린 비의 양은 3,000㎜가 넘는다.

비가 그친 뒤 가시거리는 35㎞로 대폭 늘어났다. 대기 중 미세먼지가 말끔히 제거된 결과이다.

하늘은 맑은데 땅은 그렇지 못하다. 엄청나게 퍼부은 비로 인해 홍수가 난 때문이다.

그런데 물빛이 누렇지 않고 새까맣다. 난방 중지 명령과 함께 석탄을 집밖으로 내놓으라는 명령으로 인한 결과이다.

하여 현재의 북경은 새까맣다.

북경은 내륙에 위치하여 강수량이 적은 곳이다. 하여 배수시설이 거의 안 되어 있다.

지난 2012년 7월 12일, 북경은 100년 만의 홍수를 겪었다. 그날 내린 강수량은 460㎜였고, 그때 몇백 명이 죽었다.

그런데 사흘 동안 3,000㎜가 넘는 비가 내렸으니 어찌 되었겠는가!

거의 모든 지역이 1층까지 물에 잠겼다. 저지대는 5층도 물에 잠겼다. 홍수로 인한 건물붕괴 사고가 끊이지 않았다.

오래되어 노후된 것도 있지만 부실공사가 주 원인이다.

더 이상 심각할 수 없던 대기오염은 해결되었지만 때아닌 홍수에 북경은 도시 기능을 완전히 상실했다.

이에 지나 정부는 긴급 비상사태 선포를 하고 수습에 총력을 기울인다.

그러는 사이에 깨끗해진 공기는 한반도로 이동한다. 차가운 시베리아 기단이 남하한 때문이다.

북경에 머무르던 공기는 바다 위를 이동하는 동안 온도가 높아져 한국은 쾌적한 날씨가 지속된다.

반면 북경은 매서운 한파에 덜덜 떤다. 그런데 난방을 할 수 없다. 난로와 보일러 사용중지 명령 때문이 아니다.

거의 모든 연료가 젖었기 때문이다.

하여 몇 겹의 옷을 껴입고 날씨 풀리기만을 기다린다.

하지만 현수는 이런 사실을 모른다. 엔다리온과 실라디온에게 맡겨놓고 관심을 끈 때문이다.

한편, 일본 정부는 북경 뒷골목에서 발견된 아소 다로 등 내각대신과 재특회원의 즉각적인 송환을 줄기차게 요구했다.

그런데 일련의 북경사태를 보고는 할 말을 잃었는지 아무런 소리도 하지 않았다.

한편 전 세계 기상학자들은 특이한 기상현상에 주목한다.

비가 북경에만 집중적으로 쏟아지고 나머지 지역은 아주 건조한 상태였기 때문이다.

*   *   *

"필승! 오늘도 수고하셨습니다."

박철 준위는 스피드에 탄 현수에게 절도 있는 경례를 올려붙인다. 파일럿들에게 앱솔루트 피델러티 마법을 걸 때마다 근처에 있어서 충성도가 점점 높아진 때문이다.

"수고는요! 그럼 모레 봬요."

"네! 안녕히 가십시오. 필승!"

부우우웅~!

성남공항을 떠난 현수는 곧장 평택으로 향했다.

아침에 눈을 뜨면 리노와 셀다를 데리고 운동을 한다.

회사에 출근하여 오전 내내 보고받을 것 보고 받고, 결제할 것 결재를 하고, 만날 사람 만난다.

점심식사 후엔 곧장 성남공항으로 향한다. 이곳의 일이 끝나면 평택으로 간다.

F─15K는 하루에 4대, 함정들은 하루에 3대씩 개조해 주는 나날들이었다. 함정의 경우엔 헬기가 포함된다.

오늘은 3월 25일 화요일이다.

이제 F─15K는 총 52대가 개조되었다. 이틀만 더 가면 F─15K 60대에 대한 개조작업이 마쳐지는 것이다.

이는 김성률 공군참모총장과 11전투비행단장 황재기 소장, 그리고 송광선 소령을 비롯한 파일럿들과 군수사령부 제82항공정비창 소속 정비병들만이 아는 사실이다.

해군도 마찬가지이다.

강병훈 해군참모총장과 심홍수 2함대 사령관, 김상우 대령, 고복현 소령, 배영원 준위, 최공모 준위 및 각 함정의 수장 등만이 알고 있는 사실이다.

다시 말해 해군과 공군 모두 보안유지에 심혈을 기울이고 있다. 김현수라는 다시없을 천재가 있어 업그레이드되고 있음을 알리고 싶지 않은 것이다.

일련의 작업이 진행되는 동안 민주영과 이은정이 신혼여행을 마치고 귀국했다.

둘은 스위스 융프라우 별장과 모스크바의 저택, 그리고 킨샤사의 저택에서 각기 5일씩 머물렀다.

아폰테 사장이 빌려준 자가용 제트기를 타고 이동하는 시간 포함하면 장장 18일간의 신혼여행이다.

둘은 도착 즉시 출근하겠다고 했으나 며칠 말미를 더 주었다. 주영 부모님과 은정 부친의 묘소를 다녀와야 하고, 친척들과도 만나봐야 하기 때문이다.

하여 둘은 3월 24일부터 출근하고 있다.

*   *   *

2014년 3월 25일 화요일 오전 10시.

도로 위를 질주하는 현수의 차에는 지현과 연희가 환한 표정으로 타고 있다.

"자기! 기대돼요."

"맞아요! 가구도 다 들어와 있을 테니까요."

"그래?"

현수는 기분 좋은 미소를 지어 보인다.

지현은 오늘 월차를 냈다. 연희도 마찬가지이다. 양평으로 이사하는 날이기 때문이다.

저택 입구에 다다르자 홍진식 현장소장이 환히 웃으며 맞이한다.

"어서 오십시오. 사장님!"

"네, 수고가 많으셨습니다."

"아이고, 수고는요. 당연히 할 일인데요."

홍 소장의 안내를 받아 먼저 정원 한 바퀴를 돌아보았다.

3월 하순이지만 아직 완연한 봄이 아니라 조금 썰렁하긴 해도 봐줄 만하다. 계절이 바뀌면 신록이 우거질 저택은 아름다운 정원을 가진 공원처럼 꾸며져 있다.

홍 소장은 아직 마치지 못한 일이 있다면서 정중히 인사를 하곤 돌아갔다.

"와아! 멋져요."

저택의 현관문은 고풍스러우면서도 우아한 디자인이다.

문고리를 잡고 슬쩍 당기자 기다렸다는 듯 부드럽게 열린다. 아무런 소음도 없었다.

"어서 오십시오."

현관문이 열리자 풍채 좋은 장년인이 정중히 고개 숙인다.

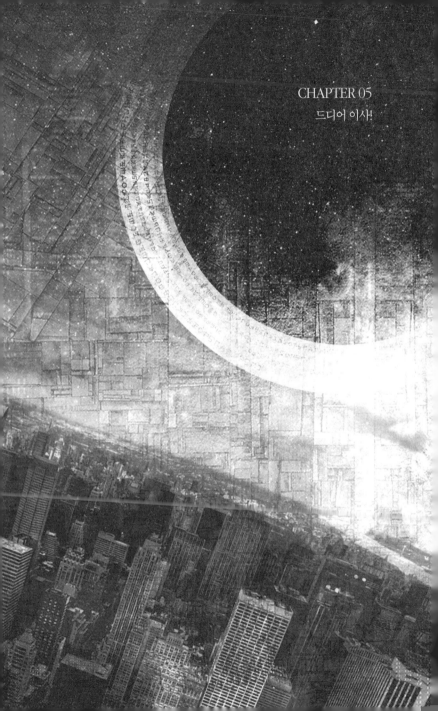

CHAPTER 05
드디어 이사!

"누구… 시죠?"

"사장님을 모시게 된 집사 정일환입니다. 회장님께서 보내셨습니다. 앞으로 정 집사라 불러주십시오."

이연서 회장이 골랐다는 뜻이다.

"아! 그래요? 만나서 반갑습니다."

"저도요, 앞으로 잘 부탁드려요."

지현과 연희의 말에 정 집사가 환히 웃으며 예를 갖춘다. 비굴한 게 아니라 더없이 정중하다.

"네! 두 분 사모님, 앞으로 잘 부탁드립니다."

이 회장으로부터 대강의 이야기를 듣고 온 모양이다.

"아! 네에, 반가워요."

연희와 지현 역시 환히 웃으며 인사를 했다. 그리곤 시선을 돌려 집안 내부를 살핀다.

공사 중일 때와 확연히 다르다. 훨씬 더 넓다는 느낌이고, 세심한 손길을 받은 것 같다.

마감처리도 아주 깔끔하다. 과연 유니콘 아일랜드 팀이다.

연희와 지현이 집 안을 둘러보는 동안 전직 스페츠나츠들 역시 본인들이 살 집을 둘러보는 중이다.

거의 모든 게 갖춰진 집이라 탄성을 지른다.

최신형 한국산 가전제품과 품위 있어 보이는 인테리어는 고급 호텔 스위트룸에 온 듯한 분위기를 풍기기 때문이다.

스페츠나츠 출신 경호원의 가족들 모두 환한 표정이다. 아주 깔끔하면서도 넓기 때문이다.

게다가 새것이고, 모든 게 갖춰져 있다. 아이들은 자기들이 쓸 방으로 뛰어들며 방방 뜨는 중이다.

빈관 뒤쪽엔 육군 12명, 해군 12명, 공군 54명, 그리고 국정원 12명과 토탈가드 24명의 경호원을 위한 공간이 지어지는 중이다.

파견된 사람들이므로 집을 지어주는 것이 아니다. 임무 교대 전후에 쉴 수 있도록 배려하는 것이다.

그렇다 하여 아무렇게나 짓는 것은 아니다.

현재 완공된 빈관과 똑같은 규모로 지어지고 있다.

참고로 빈관은 지하 1층, 지상 4층짜리 건물로 연면적은 800평이다. 유럽의 고급호텔 같은 디자인이다.

지하 1층은 사실 반지하이다. 뒤쪽 주차장에서 접근하면 거기가 1층이 되기 때문이다.

아무튼 이곳엔 귀빈을 위한 주방과 창고, 그리고 경호원들을 위한 숙소가 마련되어 있다.

그렇다 하여 작은 골방들만 있는 것은 아니다. 인원수에 맞춰 쓰도록 18평형 4채, 24평형 4채로 되어 있다.

1층은 널찍한 로비와 계단, 그리고 공용화장실과 엘리베이터실 이외에도 연회를 즐길 공간과 경호원을 위한 공간이 있다.

2층과 3층은 각기 2개의 75평짜리 스위트룸으로 꾸며져 있고, 4층은 150평짜리 최고급 스위트룸이다.

경호원들은 당분간 빈관의 숙소를 이용하게 된다.

"우와아~!"

지현의 입에서 탄성이 터져 나온다. 3층에 마련된 자신의 침실문을 열었을 때 나온 소리이다.

본관은 지하 1층, 지상 3층으로 지어져 있다.

역시 반지하인 지하 1층엔 체력단련장, 수영장, 창고, 사용인 휴게소, 주방, 주차장이 있다.

1층은 식사, 접객, 휴식을 위한 공간이다.

모든 조리기구가 갖춰진 커다란 주방이 있고, 창밖 풍경을 보며 맛있는 음식을 마음껏 즐길 수 있는 식당이 있다.

이 밖에 공연 가능한 오디토리엄도 있고, 접객을 위한 커다란 휴식공간도 있다. 모든 게 널찍널찍하다.

2층은 현수의 공간이다. 약 200평짜리 스위트룸과 각종 부속실이 자리하고 있고, 서재와 도서실 등이 갖춰져 있다.

3층은 아내들을 위한 공간이다.

바닥 면적만 600평인 이곳은 지현과 연희, 그리고 이리냐가 쓰도록 되어 있다. 각각의 침실은 50평 정도 된다.

따라서 많은 공간이 남아도는 중이다.

지현은 커다란 침대가 놓인 침실을 보고 탄성을 터뜨렸다. 영화에서나 볼 수 있던 유럽풍이다. 가구들도 그러하다.

지현의 방이 화려하다면 연희의 방은 고아하다.

완전한 한식으로 꾸며져 있기 때문이다.

설악산의 사계를 담은 12폭짜리 대형병풍부터 시작하여 두툼한 보료, 자개장, 삼층장, 화초장, 문갑, 서탁 등으로 꾸며져 있다. 물론 침상도 있다.

푹신한 요와 비단으로 감싼 이불, 그리고 국화 꽃잎을 넣어 만든 베개엔 용과 봉황이 자수로 장식되어 있다.

용의 새겨진 것은 현수의 것이고, 봉황은 연희의 것이다.

이리냐의 방은 제정러시아 시절 귀족들의 생활상을 참작하여 꾸며놓았다. 투박한 듯 보이면서도 고급스럽고, 고풍스러우며, 세련된 인테리어이다.

백미는 입구에 놓인 중세기사의 갑옷이다. 마치 이리냐의 침실을 지키는 듯한 모습이다.

하나는 판금갑옷인데 할버드를 들었고, 다른 하나는 찰갑옷인데 바스타드 소드까지 제대로 갖춰놓은 것이다.

둘 다 방패를 들고 있는데 하나는 사자 문장이 그려져 있고, 다른 하나에는 그리폰이 새겨져 있다.

이걸 보니 문득 아르센 대륙이 생각난다.

'참! 여기 온 지 얼마나 되었지?'

계산해 보니 이실리프 군도의 모든 섬을 장악하고 온 지 19일째 되는 날이다.

"흐음! 열흘 내로는 가야 하는군."

날짜 계산을 잘못하면 저쪽 세상에서도 한 달이 흐른다. 그렇기에 그 안에 출발해야 함을 다시 한 번 되새겼다.

"자기야! 여기 너무 좋아요."

지현은 현수의 어깨에 머리를 기대며 행복에 겨운 미소를 짓는다.

"나도요. 마음에 꼭 들어요."

연희 역시 한쪽 팔을 잡는다.

"다행이네, 마음에 들어서."

"고마워요."

"그런 말 안 하기로 했잖아."

"그래도 고마워요! 이번 한 번만 말하게 해줘요."

연희 역시 행복하다는 듯 환히 웃는다.

"고맙긴! 이렇게 해줄 수 있어서 내가 오히려 더 좋지."

"이제 구석구석 자세히 살펴볼래요."

말을 마친 지현이 방으로 들어가 침구며 드레스룸 등을 돌아본다. 연희 역시 사라졌다.

"후후!"

현수는 기분 좋은 웃음을 지으며 아래층으로 내려갔다. 본인 역시 자신의 거처를 모두 구경한 건 아니기 때문이다.

"침대가… 크군!"

일반 가구점에서는 볼 수 없는 대형 침대를 본 현수의 첫마디이다. 킹사이즈의 두 배쯤 되어 보이는 이것에 앉아 보니 푹신하다.

이불을 들어보니 생각보다 가볍다.

"극세사로 짠 건가?"

이불을 내려놓고 드레스룸으로 들어가 보았다.

"으음……!"

보라는 듯 모든 문이 열려 있다. 양복만 100여 벌이 있다.

잘 다려진 와이셔츠는 거의 이백 벌이다.

색깔도 화려한 넥타이들이 가지런히 정렬되어 있다.

한쪽엔 커프스 버튼과 넥타이핀이 진열되어 있고, 허리띠와 구두도 준비되어 있다. 모두 상당히 많다.

"이건 시계군!"

한눈에 보기에도 제법 비싸 보이는 시계가 20개나 있다.

선반엔 온갖 속옷이 얌전히 개켜져 있다.

샤워실 문을 열어 보니 널찍하면서고 심플한 디자인이다.

베란다 쪽엔 창밖 풍경을 즐길 수 있는 자쿠지가 별도로 갖춰져 있다.

"괜찮네."

다시 침실로 돌아온 현수는 냉장고를 열어 시원한 음료수를 꺼냈다. 이때 아리아니가 속삭인다.

"주인님! 나도 먹고 싶은데."

"아! 그래. 잠깐만."

식혜와 당근주스를 꺼내주니 얼른 몸을 드러낸다. 여전히 벌거벗은 모습인지라 슬쩍 시선을 돌렸다.

팔짱을 낀 채 창밖을 보니 조경작업이 한창이다.

곧 다가올 봄에 온갖 꽃을 감상하라는 듯 여기저기에서 작업 중이다.

아래층으로 내려가니 요리사 등 시중들어줄 사용인들이

줄지어 서 있다가 일제히 고개 숙인다.

"정 집사님, 이분들은?"

뻔히 알면서 물은 말이다.

"제, 이쪽은 요리를 맡은······."

집사는 하나하나의 이름과 나이, 경력을 소개해 주었다.

모두 이연서 총괄회장의 비서실에서 선택한 이들이라 한
다. 그래서 그런지 성품과 성실성 등이 괜찮아 보인다.

소개를 마치자 현수가 먼저 고개를 숙였다.

"앞으로 잘 부탁드립니다."

"네, 사장님!"

사용인들 모두 일제히 고개 숙여 예를 갖춘다.

적지 않은 급여를 주는 것만으로도 고마운데 넓고 쾌적한
거주지까지 제공해 줄 고용주이기 때문일 것이다.

모두의 고개가 들려지기 전 현수의 입술이 먼저 달싹였다.

"앱솔루트 피델러티!"

샤르르르르릉!

눈에 보이지 않는 마나가 집사와 요리사 등에게 뿜어진다.

충성심을 요구하기 위함이 아니라 집안에서 일어나는 일
들이 외부로 알려지지 않게 하기 위함이다.

"제가 여러분에게 당부드리고 싶은 건 이 집에서 일어나는
모든 일이 외부로 알려지지 않게 해달라는 겁니다."

"네, 사장님!"

또 한 번 모두의 고개가 숙여진다. 조금 전과 달리 지극히 당연하다는 표정이다.

"가족처럼 지냈으면 하니 모두들 편히 근무하십시오."

"네, 사장님!"

그러고 보니 인원이 제법 많다.

요리사 3명, 청소 도우미 3명, 세탁 및 다림질 도우미 2명, 원예사 6명, 그리고 운전기사 3명과 집사이다.

본관에만 18명의 사용인이 배속된 것이다.

빈관엔 총괄집사 이외에 요리사 3명, 청소 도우미 3명, 세탁 및 다림질 도우미 2명이 있다. 그리고 귀빈의 요구를 해결해 줄 특급호텔 수준 컨시어즈(Concierge) 2명이 더 있다.

이들은 귀빈에게 갖가지 정보제공과 기타 필요로 하는 서비스를 최적한 방법을 제공하는 임무를 띠고 있다.

항공편 예약, 극장, 운동경기 티켓팅, 유명 식당의 소개 및 예약, 관광지 안내, 각종 예약, 우편물의 접수 및 발송 등 다양한 수행비서 역할을 담당하는 것이다.

부모님 댁과 상인어른 댁에도 인원이 배속되어 있다.

각각 가사 도우미 4명씩이다. 이들은 요리, 청소, 세탁 및 각종 심부름을 하게 된다. 이 밖에 운전기사 4명이 있다.

거처를 제공해야 했기에 가급적 부부로 뽑았다고 한다.

부모님은 현재 킨샤사 저택에 계시고, 권철현 고검장 부부는 서초동 아파트에 있다.

빈관은 현재 비어 있는 상태이다. 하여 모든 직원을 본관 오디토리엄에 모이도록 했다.

본관 18명, 빈관 11명, 부모님 댁 8명, 장인어른 댁 8명이다. 이렇게 45명 모두가 모였을 때 현수는 지현과 연희를 데리고 갔다. 그리곤 상견례를 했다. 간단한 당부의 말을 했고, 곧이어 절대충성 마법이 구현되었다.

어쨌거나 이삿짐은 아주 빠른 시간 만에 정리되었다. 워낙 인원이 많았기에 금방 끝난 것이다.

그러는 동안 주방에선 온갖 요리를 만들어냈다. 이것들은 모두 연회장으로 운반되었다.

현수와 지현, 그리고 연희가 앉은 테이블 외에도 20여 개의 테이블 위에는 맛있어 보이는 음식들이 세팅되어 있다.

하지만 어느 누구도 수저를 들진 않았다.

자리에서 일어선 현수가 입을 열자 모두의 시선이 쏠린다. 그러고 보니 인원이 많이 늘어 있다.

직원 자녀와 부모님까지 모인 때문이다.

"자! 오늘부터 우리 모두 한집에서 같이 살게 되었습니다. 서로가 서로를 보살핀다는 마음으로 잘 지냈으면 합니다. 그런 의미에서 건배합시다."

"네, 사장님!"

"우리 모두의 행복을 위하여!"

"위하여!"

일제히 외치고는 잔을 비웠다. 그리곤 식사가 시작되었다.

간단히 식사를 마친 현수는 자리를 돌며 직원들과 이야길 하며 이름과 하는 일 등을 익혔다.

"휴우~! 배가 터질 것 같아요."

"저도요. 너무 맛있어서 많이 먹었나 봐요."

"나도 그래! 요리하시는 분들 솜씨가 좋네."

식사를 마치고 2층으로 올라온 현수의 곁에는 지현과 연희 가 있다.

저택의 2층과 3층은 특별한 일이 없는 한 직원들의 출입이 금지되어 있다. 아직 신혼이기 때문이다.

따라서 세상에서 가장 편한 자세로 널브러져 있는 중이다.

"아! 행복해요. 이렇게 좋은 집에서 살 거라곤 상상도 못했 는데. 이거 다 자기 덕이에요."

"저도요! 근데 방이 너무 커서 휑한 기분이에요."

"그래? 그래도 살다 보면 적응이 되겠지."

현수 역시 집이 크다는 걸 느끼곤 있다.

하지만 킨샤사와 모스크바에서 이미 이런 저택을 겪었다.

그렇기에 별다른 느낌이 없는 것이다.

　부우우웅, 부우우웅!

　탁자의 휴대폰이 몸살을 앓는 중이다.

　"자기, 전화 왔어요."

　번호를 보니 지왕뤼지 아폰테 사장의 번호가 떠 있다.

　'응? 아폰테 사장님이? 웬일이시지? 비행기 때문인가?'

　아폰테 사장의 자가용 제트기는 민주영과 이은정의 신혼
여행에 동원된 바 있다. 잘 썼으니 제대로 정비하여 반환하는
것이 도리이다. 하여 도착하자마자 각종 검사 및 정비를 위해
김포공항에 머물고 있는 중이다.

　"아폰테 사장님이세요?"

　"아! 마스터 킴! 반갑네. 잘 지내지?"

　"그럼요! 사장님과 사모님은 어떠세요? 아직도 몰디브 별
장에 머물고 계십니까?"

　"그럼, 그러하네."

　목소리를 들어보니 기력이 떨어지거나 질병에 걸린 것은
아닌 듯싶다.

　"혹시 비행기가 필요하셔서 전화주신 겁니까?"

　"아니, 아니네. 자네에게 부탁할 게 있어 전화했네."

　"제게요?"

　현수는 의아하다는 표정을 지었다. 아폰테 사장은 거부이

다. 따라서 이렇게 부탁할 만한 일이 없기 때문이다.

"말씀하세요."

"그래! 내 친구 중에⋯⋯."

아폰테 사장에겐 젊은 시절 큰 도움을 받았던 사람이 있다. 그의 이름은 온두라스 무역업계의 거물 다비드 오를란도 에르난데스이다.

지금은 은퇴했지만 한때는 훨훨 날던 사람이다.

커피, 바나나, 야자유, 과일을 수출했고, 기계류, 운송장비, 제조원료, 화학제품, 석유 등을 수입했다.

국가 차원에서 보면 나라 발전에 기여한 사람이다.

아무튼 아폰테 사장이 처음 영업을 시작했을 때 다비드는 아이스 브레이크(Ice Brake)를 기록하게 해주었고, 꾸준히 물량을 늘려 주었다.

참고로, 아이스 브레이크란 세일즈맨이 최초의 오더를 받는 것을 의미하는 용어이다.

다비드는 아폰테가 무역업계에 자리를 잡을 수 있도록 여러 사람들을 소개해 준 아주 고마운 사람이다.

젊은 세일즈맨의 열정을 높이 사 좋게 본 결과이다.

덕분에 아폰테는 승승장구할 수 있었고, 그 결과 세계 2위 컨테이너선사인 MSC사 사장이 될 수 있었다.

어쨌거나 어제 오후 아폰테 사장은 다비드로부터 전화를

받았다. 오랜만에 받는 아주 반가운 전화이다.

다비드가 은퇴한 후론 연결이 뜸했던 때문이다.

즐거운 마음으로 수화기를 들었는데 내용은 작별인사였다.

다비드는 지난 1년간 복부로부터 둔한 통증이 느껴지고, 황달 증상이 왔지만 병원에 가지 않았다.

작년에 치러진 온두라스 대통령선거 때문이다.

아들인 후안 오를란도 에르난데스(Juan Orlando Hernandez)가 대선후보로 입후보했던 것이다.

다비드는 본인의 인맥을 총동원하여 아들의 선거운동을 적극적으로 도왔다. 그 결과 후안은 올해 1월 온두라스 대통령에 취임했다.

대선 승리가 확정된 직후라도 병원을 찾았으면 어쩌면 방도가 있었을지도 모른다. 그런데 다비드는 그러지 않았다.

이러다 괜찮아지겠지 하는 안이한 생각을 한 때문이다.

그러다 너무 격한 통증이 느껴져 병원에 갔고, 췌장암 4기 판정을 받았다. 이 정도면 폐, 복막, 간 등 다른 장기까지 암이 전이되었음을 의미한다.

참고로, 췌장암은 암중에서도 생존율이 가장 낮다. 다시 말해 걸리면 거의 죽는다.

췌장암 1기 생존율은 37.8%이고, 2기 12.3%, 3기 8.5%, 마지막으로 4기 생존율은 2.5%에 불과하다.

갑상선암은 90% 이상의 생존율을 보이니 비교된다.

아무튼 다비드는 인생이 얼마 남지 않았다는 의사의 선고를 듣고 체념했다.

이제 살 만큼 살았으니 죽음을 순순히 받아들인 것이다.

그리곤 지나온 생애를 정리하기 시작했다. 그러다 알고 지낸 지인들과 작별인사를 시작했다.

거동이 불편하니 당연히 전화통화뿐이다.

한편, 몰디브 별장에서 사랑하는 아내 엘리자베스와 한가롭고 즐거운 한때를 보내던 아폰테에겐 청천벽력과 같은 소리였다.

당장 달려가고 싶었지만 자가용 제트기는 김포공항에 있다. 하여 발을 동동 구르던 중 현수가 떠올랐다.

물에 빠진 사람은 지푸라기라도 잡는다는 말이 있다.

작년 9월, 엘리자베스는 비소세포폐암 3B기였다.

아폰테는 의료선진국이라는 미국, 영국, 프랑스, 독일 등을 찾아다니며 방도를 찾았으나 모두가 고개를 흔들었다.

이미 손쓸 시기를 놓쳐 치료할 방도가 없으니 죽음을 받아들이라는 충고만 들었을 뿐이다.

그런데 현수가 고쳐주었다.

치료 직후 베트남 꽝남성 중앙종합병원에서 CT, PET, MRI 등으로 검진한 결과 폐암이 완치되었다는 판정을 받은 바 있다.

하지만 아폰테는 미국으로 갔다. 그리곤 텍사스 주 휴스턴에 위치한 M.D 앤더슨 병원을 찾아 다시 검사했다.

참고로 미국 최고의 병원은 존스 홉킨스로 알려져 있다. 그런데 이는 종합평가의 결과일 뿐이다.

암 치료 분야는 텍사스대 부설 M.D 앤더슨이 부동의 1위이다. 심장 관련은 클리블랜드, 당뇨는 메이요, 신경질환은 존스 홉킨스가 최우수 병원으로 평가된다.

아무튼 그때 진료했던 의사들은 엘리자베스의 폐에서 암의 흔적조차 찾아내지 못했다.

그러면서 말하길 정말 암환자였었느냐고 되물었다.

아폰테는 현수에게 다비드의 치료를 부탁하였다. 신세를 갚을 수 있도록 도와달라며 애걸했다.

"알겠습니다. 제가 온두라스로 가면 됩니까?"

"아니네, 휴스턴으로 오게. 다비드는 지금 M.D 앤더슨에 입원해 있네."

"휴스턴이요?"

현수는 오늘 아침 이실리프 정보 3국장 최찬성과 4국장 배진환으로부터 받은 이메일의 내용을 떠올렸다.

일전에 지시한 내용 중 확인된 것들을 보고한 것이다.

이실리프 정보는 매주 화요일과 금요일에 보고메일을 보내고 있는 중이다.

오늘 보고 받은 내용 중엔 록히드 마틴의 연구소 위치와 대강의 평면도가 포함되어 있다.

록히드 마틴 항공연구소의 위치는 텍사스 주 샌안토니오와 오스틴 사이의 산골짜기에 위치해 있다.

겉보기엔 평범한 목장처럼 보이지만 지하에 대규모 연구시설이 존재한다는 것이 보고 내용이다.

아폰테 사장이 와달라는 휴스턴에서 그리 멀지 않은 곳이다.

"알겠습니다. 곧장 출발하죠. 그런데 병원에선 의료행위를 할 수 없습니다. 그러니 퇴원했으면 합니다."

"알겠네, 조치하지. 휴스턴에서 보세."

통화를 마친 아폰테는 엘리자베스와 함께 곧장 미국행 비행기를 타러 나갔다. 현수 역시 김포공항으로 향했다.

아폰테와 엘리자베스는 너무 과분한 선물을 주었다. 그러니 신세를 갚는다는 생각으로 만사를 제친 것이다.

지현도 같이 가고 싶어 했지만 내일 출근해야 하기에 연희만 대동했다.

"어서 오십시오. 보스! 마담!"

"어서 오세요. 사장님! 사모님!"

트랩 곁에 서 있던 윌리엄 스테판 기장과 스테파니 베나글리오가 환히 웃는다.

"아! 윌리엄, 오늘도 잘 부탁해요."

"물론입니다. 보스!"

둘에게도 절대충성 마법이 걸려 있다. 보안유지 때문이다. 그렇기에 당연하다는 표정을 지으며 안내했다.

잠시 후, 제트기가 이륙했다.

"자기야! 세바스티앙 오머런 부회장님 하고 한 약속은 어떻게 해요?"

김포공항으로 급히 오던 중 현수는 또 한 통의 전화를 받았다. 프랑스 오머런사의 세바스티앙 오머런이 건 것이다.

그의 부친인 오머런 회장은 93세이다.

평소에 건강관리를 잘하여 목숨을 위협할 암과 같은 병에 걸리진 않았지만 나이가 너무 많아 거동이 불편하다.

하여 오머런사의 대소사는 부회장인 세바스티앙에 의해 결정되는 중이다.

세바스티앙의 부친 루이 오머런은 현재 뉴질랜드에 머물고 있는 중이다.

천식 증세가 있어 공기 맑은 곳으로 간 것이다.

세바스티앙은 부친의 간호를 위해 파견한 직원으로부터 심상치 않다는 보고를 받았다. 갑작스레 근력이 더 떨어지고, 노쇠하는 느낌이 든다는 내용이다. 그러면서 말하길 부친의 생이 얼마 남지 않은 듯하다고 했다.

자신의 현재가 부친으로부터 말미암을 것이라는 걸 누구

보다 잘 알기에 세바스티앙은 만사를 제치고 뉴질랜드행 비행기를 탔다. 비서인 베아트리체는 당연히 동행이다.

샤를드골 공항까지 가던 중 베아트리체의 입에서 김현수라는 이름 석 자가 흘러나왔다.

세바스티앙 본인은 중풍에 걸릴 소지가 있었고, 베아트리체는 생리불순으로 인한 난임이 있음을 경고 받은 바 있다.

그때 침을 놔주었고, 한약을 처방해 주었다.

베아트리체는 현재 28일 주기로 생리를 한다.

전에는 언제 나올지 몰라 불안하던 마음이 있었는데 지금은 그렇지 않다. 날짜에 딱 맞춰 생리가 시작되니 그거에 맞춰 스케줄 조정을 해서 아주 편하다 생각하는 중이다.

세바스티앙 본인도 그간 느꼈던 사소한 증상들이 사라짐을 깨닫고는 고개를 여러 번 끄덕였다.

CHAPTER 06

휴스턴으로

세바스티앙은 김현수라는 이름을 듣자마자 전화기를 꺼냈
다. 그리곤 도와달라는 말을 했다.

부친은 현재 뉴질랜드 남섬의 3대 휴양지 가운데 하나인
와카나 호수 근처에 머물고 있다.

공항이 있는 퀸스타운으로부터 약 50㎞ 지점이다.

우리에센 송상호와 유시태가 출연했던 영화 남극일기의
촬영장소로 눈에 익은 곳이다.

현수는 아폰테 사장의 부탁으로 휴스턴을 가야 하니 그곳
에서의 용무가 마쳐지는 즉시 가겠다고 대답했다.

어찌 되었건 본인과 인연이 있는 사람이기에 기꺼이 도우려는 것이다.

휴스턴 국제공항에 당도한 현수는 입국심사대 앞에 섰다.

미국에 올 일이 없을 것이라 생각하여 이민국의 까다로운 대면심사를 받지 않고도 입국할 수 있는 자동출입국심사서비스(SES · Smart Entry Service)에 가입하지 않은 때문이다.

이것에 가입되어 있었다면 줄 서서 이민국 입국심사를 기다리지 않고 공항 내 무인자동화기기로 가서 간단한 신원확인 절차만 마쳤으면 될 일이다.

아무튼 입국심사관은 방문목적, 체류기간, 머무를 호텔 등을 물었다. 자가용 제트기로 입국할 정도면 별도의 입국심사대를 통과하는 것이 관례이다.

현수가 이를 몰라 이쪽에 줄을 선 것이다.

입국 목적은 관광으로 했다. 최대 90일간 비자 없이 머물 수 있기 때문이다.

체류기간은 혹시 몰라 사흘이라 하였는데 호텔이 문제였다. 바쁘게 오느라 정한 곳이 없기 때문이다.

하여 머뭇거리는데 누군가 다가왔다. 그는 입국심사관을 따로 불러 몇 마디 말을 주고받더니 통과하라 한다.

현수는 미국 정보당국이 주시하는 인물이다. 자가용 제트기가 김포공항을 떠나는 순간부터 미국의 시선하에 있었다.

방문목적은 온두라스 대통령의 부친 다비드를 보기 위함
이다. 아폰테 사장의 전화를 감청한 것이다.

의사도 아닌 현수가 일면식도 없는 다비드를 보러 미국까
지 날아오는 것이 의아했지만 두고 보는 중이다.

현수는 입국심사대를 통과한 뒤 선글라스를 꺼내 썼다. 축
구시합 등으로 얼굴이 너무 많이 알려져 있기 때문이다.

입국장 문이 열리자 도착한 사람들을 맞으러 온 사람들이
보인다. 그중 'MSC Co. 아폰테' 라 쓰인 팻말을 든 사내가 있다.

현수의 이름을 써놓으면 이목이 집중될 것을 우려한 배려
인 듯싶다.

"제가 김현수입니다."

"아! 어서 오십시오. 제가 모시겠습니다."

안내를 받아 공항 밖으로 나가니 리무진과 두 대의 경호차
량이 대기하고 있다.

텅, 텅—!

부드럽게 출발한 차량은 한참을 달렸다. 그렇게 하여 당도
한 곳은 다운타운에 위치한 마그놀리아 호텔이다.

이 호텔은 1926년에 지어져 미국의 '국가역사건축물' 로
지정된 건물이기도 하다.

"아! 어서 오게."

로비에 당도하자 소파에 앉아 있던 아폰테가 기다렸다는 듯 벌떡 일어나 현수에게 다가선다. 아폰테의 경호원들은 현수의 얼굴을 알기에 바라만 보고 있는 중이다.

"그동안 안녕하셨지요?"

"그래. 그럼! 자, 어서 올라가세."

표정을 보아하니 한시가 급한 듯싶어 고개를 끄덕였다.

"…네, 그러죠!"

다비드가 머물고 있는 객실은 22층에 위치해 있다. 현수의 요청에 따라 병원에서 퇴원 후 이곳으로 옮긴 것이다.

객실 입구에 당도하자 몸수색을 요구한다. 대통령의 아버지이니 그럴 만하다 싶어 불쾌한 내색을 보이진 않았다. 하지만 연희까지 조사하려 했기에 한마디 하지 않을 수 없었다. 하지만 꾹 참아냈다.

"자기는 그냥 아래층 객실에 있어."

"그럴게요."

연희 입장에서 다비드는 일면식도 없는 외국인이다. 게다가 너무 늙어 곧 죽어도 이상하지 않을 노인이다.

그런 그가 병석에 누워 골골대는 걸 보고 싶은 마음은 없다. 그렇기에 연희는 순순히 아래층으로 내려갔다. 온두라스 대통령 경호실에서 제공한 객실이다.

"이분이네."

사전에 이야기가 되었는지 경호원 등이 모두 물러간다. 아마도 아폰테 사장이 보증을 한 듯싶다.

"사장님! 저 혼자 있어야 하는 거 아시죠?"

"그래, 집중이 필요하겠지. 알겠네."

아폰테 사장까지 나가자 입고 있던 상의를 벗어 옷걸이 머리 부분에 걸었다. 초소형 핀 카메라가 있었던 때문이다.

밖에서 보고 있던 경호실 직원들은 화들짝 놀라 자리에서 일어섰다. 이게 있기에 나가랄 때 순순히 나갔던 것이다.

그런데 실내를 들여다볼 수 없게 되었으니 어찌 당황하지 않겠는가! 하여 안으로 들어가겠다는 경호원들과 아폰테 사장 간의 실랑이가 벌어지는 중이다.

웬만하면 아폰테를 무시하고 밀고 들어가겠지만 그럴 순 없다. 다비드가 각별히 아끼는 사람이며, 대통령인 후안이 아저씨라 부르는 인물이기 때문이다.

아폰테 사장은 객실 문 앞에 서서 고개를 좌우로 저었다.

"중요한 상황일지도 모르네. 그러니 잠시만 기다리게."

"안 됩니다. 어르신의 신상에 무슨 일이라고 생기면……."

"어허! 빌 못 빈나? 못 빈어? 후안에게 선화알까!"

"네? 그, 그건……."

대통령 이름이 나오자 경호원들이 주춤하며 물러선다.

"괜찮을 거라 했지 않았나! 그러니 잠시 내버려 두게."

"그, 그렇지만……."

"어허……!"

아폰테가 인상을 구기며 휴대폰을 꺼낸다.

후안에게 전화를 걸겠다는 뜻이다. 이에 경호원들이 손을 내저으며 물러선다.

"아, 알겠습니다. 어르신! 그만 고정하십시오. 안 들어가겠습니다. 대신 여기 있게 해주십시오."

"…그건 좋네. 다만 시끄럽게 굴면 안 되네. 고도의 정신 집중이 필요하다 하니."

이 말을 끝으로 모두 입을 다물었다.

그러는 동안 현수는 마나 디텍션 마법으로 다비드의 체내 상황을 살펴보았다.

만으로 93세이니 한국식 나이는 아흔네 살이다.

다비드의 체내로 들어간 마나는 현 상황을 속속 보고한다. 췌장은 암세포에 의해 완전 정복당해 기능 1%라 한다.

이 정도면 췌장은 장기로서의 능력을 완전히 잃은 셈이다.

간 기능 84% 상실, 위 79%, 신장 73%, 폐 69% 기능 상실이라 한다. 뿐만 아니라 몸 전체 기능 또한 60% 이상 상실된 것으로 보고되고 있다.

놔두면 2~3일 내로 사망에 이를 정도로 심각하다.

"흐으음!"

현수는 나직한 침음을 냈다. 이 정도로 중중일 것이라곤 예상치 못한 때문이다.

"일단은 최소한의 조치부터 취해야겠군. 아공간 오픈!"

아공간에서 꺼낸 것은 푸른빛 감도는 액체가 찰랑거리는 마나포션이다. 이것 하나를 만들려면 만드라고라 2개가 필요하다. 하나가 100년 묵은 천종산삼과 비교될 정도로 뛰어난 약리효과를 보이는 것이다.

"너무 과해도 안 좋으니 일단 반만."

다비드의 입을 벌리고 조심스레 마나포션을 흘려 넣었다. 곧 상쾌한 향이 객실을 휘감는다.

"증거를 남겨 좋을 것 없으니."

창문을 열어 환기시키는 동안 다시 한 번 마나 디텍션 마법을 구현시켰다. 장기들의 상태는 아까와 별반 다르지 않다.

다만 나빠지는 속도가 확연히 느려졌을 뿐이다.

회복포션과 리커버리 마법이 동시에 사용되었다면 차도가 보였을 것이다. 하지만 그러지 않았다.

보는 눈이 많기 때문이다.

후안은 지난해 있었던 선거에서 좌파를 누르고 승리를 생취한 보수파이다. 하여 미국의 비호를 받고 있다.

M.D 앤더슨은 암 치료에 관한한 세계 최고라 자부하는 병원이다. 이 병원에 미국이 관심 갖고 있는 우방국 대통령의

친부가 입원했다.

따라서 최고 수준의 대우를 해줬다.

그런데 너무 늙고 노쇠한데다 암의 진행이 거의 끝에 다다라 있기에 수술을 할 수도 없고, 항암치료 또한 효과가 없는 상황이라 할 일은 별로 없었다.

강력한 진통효과가 있는 주사를 놔주는 한편 호흡이나 돕는 정도의 조치를 취하고 있었던 것이다.

그런데 느닷없는 퇴원 통보를 받았다.

처음엔 치료를 포기하고 임종이라도 고국에서 맞으라는 배려로 생각하고 순순히 응했다. 그런데 이상한 소리가 들렸다. 경호원 중 하나의 입에서 흘러나온 이야기이다.

누군가 급히 오고 있으며, 그가 당도하면 다비드는 병석을 털고 일어설 것이라는 것이다.

당연히 말도 안 되는 이야기이다.

하여 경호원들에게 접근하여 이것저것을 알아보았다.

그러던 중 엘릭서(Elixir)라는 말이 흘러나왔다.

이것은 만병통치는 물론이고 불로장생의 효능까지 있는 기적의 묘약을 뜻하는 말이다.

물론 현실엔 없는 전설의 물질이다. 따라서 병원 측은 누군가 허황된 기대를 갖도록 만든 것이라 여겼다.

어쨌거나 다비드는 손쓸 여지가 없어 고통을 덜어주는 것이외엔 아무런 조치도 취할 수 없는 상태였다.

그리고 현재는 퇴원한 상태이다.

하여 M.D 앤더슨에선 혹시 몰라 사람을 파견해 두었다. 누가 무슨 수작을 부리는지나 알아보자는 의도이다.

"흐음! 일단 위기는 넘긴 셈이지."

현수의 시선 속 다비드는 여전히 쌕쌕거리며 힘든 호흡을 하고 있다. 겉보기는 아까와 조금도 다르지 않다.

그러나 달라진 점이 아주 없는 것은 아니다.

다비드는 현재 암세포 전이속도와 장기기능 악화속도, 그리고 노화속도가 현저히 느려진 상태이다.

적어도 1개월은 현재의 상태를 그대로 유지할 수 있도록 최소한의 조치를 취한 셈이다.

벌컥―!

객실의 문이 열리자 모두의 시선이 쏠린다. 그러거나 말거나 아폰테 사장에게 시선을 주었다.

"사장님, 그리고 사모님! 일단 들어오시죠."

"그, 그러세."

아폰테와 엘리자베스 부부가 먼저 객실로 들어섰고, 경호 책임자들 또한 들어왔다.

"어, 어떻게 되었는가? 가망은 있는 건가?"

환자의 곁에 당도한 아폰테는 다비드에게 시선을 준 채 현수에게 물었다. 별다른 변화를 느끼지 못한 때문이다.

"상태 유지는 될 겁니다. 그런데 환자를 옮겨야겠습니다."

"…왜? 여, 여기선 안 되는 건가?"

"네! 이목이 너무 많아요. 그리고 전 면허증도 없구요."

"그건… 알았네. 조치하지, 근데 가망은 있나?"

아폰테 사장의 말은 매우 작았다. 바로 곁에 있는 엘리자베스조차 들을 수 없을 정도이다.

혹시라도 가망 없다는 말이 나올까 싶은 듯하다.

"100% 확신은 못하지만 잘하면 100살까지 살 수도 있을 겁니다."

췌장이 기능의 100%를 잃었다면 이런 말을 할 수 없었을 것이다. 리절렉션 마법은 아직 세상에 없기 때문이다.

겨우 1% 정도가 남아 있지만 마나포션이 투입된 상태이다. 이건 기력회복에 결정적 역할을 하게 될 것이다.

여기에 회복포션과 리커버리 마법이 곁들여진다면 가능성은 충분하다. 각종 암은 치료될 것이고, 노화된 장기는 활력을 되찾게 될 것이다.

그다음부터는 자연치유력이 알아서 생명 유지를 위한 조치를 취할 것이다.

따라서 아주 불가능한 일이 아니기에 한 말이다.

"그런가?"

당연히 아폰테 사장의 눈이 커진다.

세계 최고의 병원에서도 포기한 환자이다. 그런데 죽음에 이르지 않게 할 수 있다니 놀랍다는 표정이다.

"그런데 가급적 빨리 옮겨야 합니다. 제 비행기로 가는 건 어떨까요?"

아까부터 느껴지는 시선이 있어 한 말이다.

온두라스는 112,090㎢로 인구 845만 명인 국가이다.

종교는 가톨릭 97%에 개신교 3%이다.

국민의 90%는 메스티소[10]이고, 아메리카 원주민 7%, 흑인 2%, 그리고 백인 1%로 구성되어 있다.

따라서 경호원 전부가 메스티소이다. 모두들 고된 훈련을 받았음이 한눈에 느껴질 정도로 강해 보인다.

그런데 저쪽에서 바라보고 있는 전형적인 백인은 그렇지 못하다. 키는 크지만 체구가 빈약해 경호 일을 할 사람은 아니다.

이 사람이 바로 M.D 앤더슨에서 파견한 사람이다. 문이 열리자 따라 들어와 현수와 다비드를 살피고 있다.

"자네 비행기로……? 흐음, 이야길 해보세."

아폰테 사장이 경호책임자에게 다가가 의논하는 동안 M.D 앤더슨에서 보낸 백인이 슬쩍 다가와 다비드를 살핀다.

10) 메스티소(Mestizo) : 중남미 원주민인 아메리카 인디언과 에스파냐계 · 포르투갈계 백인과의 사이에서 태어난 혼혈인종.

보아하니 의사 중 하나인 듯싶다.

그러거나 말거나 내버려 두었다. 겉보기엔 아무것도 달라진 것이 없을 것이기 때문이다.

다비드에게서 별다른 점을 찾지 못한 사내는 고개를 갸웃거린다. 그리곤 슬쩍 밖으로 나간다.

사내가 사라지고 대략 20여 분이 흘렀을 때 아폰테 사장이 다가왔다.

"가기로 했네. 비행기는 휴스턴 공항에 있지?"

"네, 그럼 같이 가시죠. 환자분과 사장님 부부, 그리고 저희 부부 외에 3명이 더 탑승할 수 있습니다."

"알겠네."

경호원들이 다비드 혼자만 비행기에 탑승한 채 보내진 않을 것이기에 한 말이다.

아폰테가 다시 온 것은 다시 10분이 흐른 뒤이다.

"잠시 후 본 제트기가 이륙할 예정입니다. 안전벨트를 착용하여 주시기 바랍니다. 본 제트기는 이제 휴스턴 국제공항을 떠나 테구시칼파(Tegucigalpa) 공항으로 직행할 것입니다. 비행시간은······."

윌리엄 스테판 기장의 안내멘트가 이어진다.

현수와 연희, 그리고 아폰테와 엘리자베스는 마주 앉았고,

경호원들은 바닥에 고정시킨 침상 주변 좌석에 착석해 있다.

"고맙네, 이렇게 와줘서."

"고맙기는요. 당연한 일입니다. 그런데 앞으로는 환자를 치료해 달라는 요청은 삼가주셨으면 합니다."

"아네, 세상의 이목 때문이지."

아폰테의 고개가 위아래로 끄덕여진다.

엘리자베스를 치료할 때 신신당부했었다. 그런데 그 약속을 어기고 무리한 부탁을 했다. 현수는 거절치 않고 흔쾌히 날아왔다. 하여 미안한 마음뿐이다.

엘리자베스도 미안한지 현수를 빤히 바라만 본다.

"두 분에게 문제가 생긴다면 또 봐드릴 수 있습니다. 하지만 타인은 이번이 마지막입니다."

"알겠네. 약속함세."

"이이가 그러자 해도 못하게 말리겠네."

"네, 감사합니다."

미국까지 오는 동안 연희는 전후사정을 모두 들은 바 있다. 그때 상당히 많이 놀랐다.

하긴 모든 병원이 포기한 말기 암 환자를 아무런 도구도 없이 치료해 냈다는데 어찌 놀라지 않겠는가!

하여 마법이 위대하다 여기는 중이다.

"다비드 할아버지가 자리를 털고 일어나서도 당분간은 외부활동을 자제하도록 하셔야 합니다."

"아! 그러면 안 되는가?"

"제가 왔다는 걸 미국이 압니다. 그런데 다비드 할아버지가 갑자기 멀쩡해지면 어떤 생각을 할까요?"

"아! 그래. 그렇겠군. 알겠네. 유념하지."

사업가답게 몇 마디 말만 듣고도 어떤 일이 빚어질지 예상했다는 듯 고개를 끄덕인다.

잠시 후 엘리자베스가 말문을 열었다.

신혼생활에 대한 것인지라 연희의 두 볼은 금방 빨갛게 되었다. 몹시 부끄러웠던 때문이다.

이런저런 대화를 하는 동안 제트기는 쉼 없이 날아 온두라스 상공에 당도했다. 미리 연락을 취했는지라 곧바로 착륙할 수 있었다.

웨에에엥ー! 웨에에엥ー!

다비드를 태운 앰뷸런스와 현수 등이 탄 차는 경찰차의 에스코트를 받으며 도로를 질주했다.

온두라스의 수도 테구시갈파는 북위 13° 정도 되는 곳에 위치해 있다. 적도에서 그리 멀지 않으니 엄청 더울 것이라 생각했는데 전혀 그렇지 않다.

물어보니 이곳의 계절은 여름과 겨울로 구분된다.

여름은 건기인 11~5월이고, 겨울은 우기인 6~11월이다.

지금은 3월이니 이곳은 여름이다.

하지만 서울처럼 후텁지근하지 않다. 해발고도 990m쯤 되는 곳인지라 연평균 기온이 15~20℃인 곳이기 때문이다.

일행이 당도한 곳은 대통령궁 후원이다. 아담한 건축물들이 자리하고 있다.

앰뷸런스가 당도하자 대기하고 있던 의사와 간호사들이 뛰어나와 환자를 안쪽으로 이동시킨다.

현수와 아폰테는 일련의 상황을 지켜보는 중이다.

대강의 정리가 마쳐지자 정력적으로 보이는 중년인이 다가온다. 경호원들이 뒤 따르는 걸 보면 대통령 후안 오를란도 에르난데스인 듯싶다.

"오랜만입니다. 아저씨!"

"그, 그래! 오랜만이네."

에르난데스 일가와 면식이 많은지 일국의 대통령임에도 아폰테 사장은 편하게 이야기 한다.

"이쪽은……? 으응? 많이 본 얼굴인데, 누군지……?"

대통령이 고개를 갸웃거린다. 젊은 동양인 청년을 어디선가 보긴 봤는데 확실히 누군지 떠오르지 않은 때문이다.

이때 아폰테 사장이 끼어든다.

"축구!"

"아! 맞습니다. 사커 마스터 미스터 킴! 반갑습니다."

불쑥 손을 내미니 얼른 악수를 했다. 그런데 의아하다.

"네, 반갑습니다. 그런데 사커 마스터라니요?"

"그게 아니면 갓 오브 사커라 불러야 하는 겁니까?"

"아이고, 무슨 말씀을……. 그런 거 아닙니다."

"하하! 나도 동영상 봤습니다. 너무 바빠서 경기 전체를 본 건 아니지만 미스터 킴이 세 골을 넣고 네 개의 어시스트를 한 하이라이트를요. 정말 대단했습니다."

대통령은 최고라는 뜻으로 엄지손가락을 치켜든다.

"에구……."

이 대목에서 뭐라 말하겠는가! 하여 겸연쩍은 웃음만 지어 보였다. 이때 경호원들의 술렁이는 모습이 보인다.

현수는 이곳 온두라스에서 '사커 마스터(Soccer Master)' 라 불린다. 축구의 지배자 정도 되는 뜻이다.

경호원들도 대통령처럼 바쁘다.

비번일 때도 한가롭게 축구경기를 관람하진 못한다. 휴식을 취하면서도 임무에 대한 준비를 해야 하기 때문이다.

게다가 한일사회인 축구시합은 주목을 끌 만한 경기가 아니었다. 널리 알려진 선수 하나 없는 시합이었던 때문이다.

인터넷에서 난리가 벌어진 후에야 하이라이트를 보았을 뿐이다. 이때 현수의 얼굴을 보기는 했지만 공의 궤적이 먼저였다. 너무도 멋진 골들이었던 때문이다.

그런데 그 장본인이 눈앞에 있으니 놀라서 술렁인 것이다.

"그나저나 아저씨! 아버진 어떻게 된 겁니까? 췌장암 말기라 들었는데 정말 치료가 가능한 겁니까? 그리고 누가 치료를 하는 거죠?"

아폰테 사장은 대답 대신 현수에게 시선을 돌렸다.

"설마⋯⋯!"

"맞네. 미스터 킴은 폐암에 걸려 있던 엘리자베스를 치료해냈어. 그것도 하루만에. 보다시피 멀쩡하지. 세상 모든 병원이 포기했을 때였지."

"혹시 의사이기도 한 겁니까? 미스터 킴?"

"아닙니다. 한국에서 전해져오는 의술을 약간 익혔을 뿐입니다. 의사는 당연히 아니구요. 저는 회사원입니다."

대통령은 이게 대체 어찌 된 영문인지 속 시원히 설명하라는 표정으로 아폰테를 바라본다.

"일단 안으로 들어가세. 석양이지만 햇볕이 따갑군."

"아! 네에. 그럼 안으로⋯⋯."

안내를 받아 안으로 들어간 뒤 아폰테 사장은 현수에 관한 이야기를 했다.

천지건설 부사장이라는 말로 시작하여, 세계 최고의 IQ를 기록한 사람이며, 온두라스보다 약간 작은 자치령 3개를 보유한 기업가라는 이야기를 해주었다.

당연히 계속해서 놀라는 표정의 연속이었다.

어찌하여 엘리자베스를 치료했는지에 대한 이야기를 들은 후론 계속 현수만 바라본다.

시선 속엔 '저거 혹시 사람이 아닌게 아니야?' 라는 빛이 담겨 있다.

아무리 머리가 좋다 해도 지구의 모든 수학자가 달려들었어도 풀어내지 못한 세계 6대 난제를 혼자 풀어낸다는 건 불가능에 가깝다 생각했다.

게다가 수백 억 달러짜리 공사를 턱턱 따내는 능력자이다.

모든 병원에서 포기한 암 환자를 하루 만에 완치시킨 의술의 신이며, 어마어마한 넓이의 자치령을 혼자 힘으로 개발한다고 한다. 어찌 놀라지 않겠는가!

대통령은 다비드가 늦게 얻은 막내아들이다.

형이 넷이나 있었는데 그중 셋이 죽었다. 나이가 스무 살쯤 차이난 큰형만 살아남았을 뿐이다.

하여 부친으로부터 많은 사랑을 받으며 성장했다. 그렇기에 아버지에 대해 각별한 마음을 갖고 있다.

그런 아버지가 깊은 병에 걸려 오늘내일 하는 것이 안타까웠다. 일국의 대통령이지만 아무것도 도울 수 없는 것이 못내 괴로웠을 뿐이다.

그런데 희망이 생겼다. 눈앞에 앉은 청년이 어쩌면 부친을

병석으로부터 일으킬 수 있을지도 모른다.

"부탁하네. 아버지를……. 내게 너무 소중한 분이네. 부탁하네."

후안 대통령은 현수에게 깊숙이 고개를 숙였다.

"어르신을 살펴보기는 할 겁니다. 완치시킨다는 장담을 할 수 없습니다. 그러니 너무 큰 기대는 하지 마십시오."

"고맙네. 고마워!"

후안 대통령은 크게 고개를 끄덕인다.

"근데 언제부터……."

왜 빨리 살펴보지 않느냐는 뜻이다.

"어르신의 병세가 악화되는 건 일단 막아놨습니다. 저 상태로 최소 한 달 이상 버티실 겁니다."

"아……!"

휴스턴에서 어떤 일이 있었는지 이미 보고받았다. 그렇기에 크게 고개를 끄덕인다.

"제가 살펴보기 전에 하나 다짐을 받을 게 있습니다."

"다짐……? 뭔가? 말씀만 하시게."

"저는 정식으로 교육받은 의사가 아닙니다. 그렇기에 보편적인 의료행위가 아닌 방법으로 치료할 겁니다."

"……?"

후안은 이 청년이 대체 무슨 이야길 하느냐는 표정으로 아폰테를 바라본다. 본인이 추천했으니 방금 한 말의 저의를 알려달라는 뜻이다.

"한국엔 수천 년 전부터 전해져 내려오는 독자적인 의료체계가 있네. 현대 의학과는 상당히 많이 다르지. 미스터 킴은 그중 비방이라 할 수 있는 것을 배웠네."

"아……!"

후안은 이해된다는 듯 고개를 끄덕인다. 그리곤 어서 말을 이어보라는 표정을 짓는다.

"어르신은 살펴보겠지만 다른 환자는 보지 않겠습니다."

"……?"

이번에도 왜 이러느냐는 표정으로 아폰테를 바라본다.

"겉보기엔 별것 아닌 것 같지만 상당히 힘이 많이 드는 치료법인 모양이네."

"알겠습니다. 그렇게 하지요."

대통령은 이번에도 고개를 끄덕였다.

"그럼 지금부터 살펴보도록 하겠습니다."

"우린 이곳에서 기다리겠네."

현수의 말에 대꾸한 이는 아폰테 사장이다. 후안이 방 안으로 따라 들어가려는 것을 막으려는 것이다.

"왜……?"

"아까도 말했지만 고도의 집중력이 필요한 의료행위이네.

집중할 수 있도록 우린 밖에 있도록 하세."

"…알겠습니다."

현수는 다비드가 있는 방으로 들어갔다.

"락!"

철컥—!

마법으로 문을 잠갔다. 그리곤 창문의 커튼을 모두 내렸다. 외부로부터의 시선을 차단하기 위함이다.

딸깍—!

전등을 켜니 밝아지긴 한데 조도가 부족하다.

"매스 라이트!"

파팟!

여러 개의 광구가 허공에 생성되며 환한 빛을 뿌린다.

"흐음! 마나 디텍션!"

다비드의 체내 상황을 살펴보았다. 마나포션이 어떤 역할을 하고 있는지 확인하려는 것이다.

이러는 사이 후안과 아폰테는 초조한 표정으로 서성이고 있었고, 엘리자베스와 연희는 대통령궁 후원을 거닐며 이런 저런 대화를 나누고 있었다.

CHAPTER 07
아스클레피오스

"흐으음!"

현수는 더욱 집중하기 위해 미간을 좁혔다. 다비드의 체내로 흘러든 마나의 보고를 확실히 받기 위함이다.

이미 복용시킨 마나포션은 악화를 저지하고 있을 뿐만 아니라 장기에 활력을 불어넣는 중이다.

암의 악성도는 사람에 따라 다르다.

어린이나 젊은이, 그리고 건강한 사람은 암의 성장이 빠르지만, 노인이나 허약한 사람은 그 속도가 현저하게 늦어진다.

물론 이것도 획일적으로 모두 같은 것은 아니다.

제멋대로 빨라졌다 느려지기도 하고, 정지되었다가도 갑자기 빨라지기도 한다.

아주 가끔 도중에 퇴화하여 소멸하는 경우도 있다.

다비드는 늙은 노인이었지만, 건강한 체질이었다. 하여 불과 1년 만에 암세포가 거의 모든 장기로 번질 정도였다.

여기에 마나포션이 들어가자 전체적으로 활성화되기 시작했다. 정상세포뿐만 아니라 암세포도 빠른 속도로 증식되고 있었던 것이다.

이는 마나포션이 둘을 구별할 능력이 없어서이다.

"하마터면……!"

현수는 방심했다 실수할 뻔했음을 깨닫고 화들짝 놀라지 않을 수 없었다. 마나포션이 암세포의 성장을 돕고 있으니 어찌 안 그렇겠는가!

빨리 조치를 취해야 하는 상황이다. 하여 현수는 다비드의 배꼽 위에 손바닥을 붙인 채 지그시 눈을 감았다.

"마나여, 모든 세포를 원상으로 돌려라. 리커버리!"

샤르르르르르릉—!

서늘한 푸른빛 마나가 다비드의 복부로 스며든다.

그러자 모든 세포를 활성화시키던 마나포션이 선별적인 활성화 작업을 시작한다.

리커버리 마법이 마나포션으로 하여금 어느 것을 도와야

할지 확실한 지침을 내려준 때문이다.

상당히 많은 마나가 빠져나간다. 엘리자베스 때보다도 많은 듯싶다. 그럼에도 멈추지 않고 빠져나간다.

하지만 걱정하지 않는다. 켈레모라니의 비늘이 없다 하더라도 본신에 저장된 마나의 양이 어마어마한 때문이다.

눈을 감았지만 현수의 뇌는 다비드의 내부를 샅샅이 관조하고 있다. 팅팅 부어 있던 간이 서서히 부피를 줄인다.

위점막의 3분의 2쯤을 점령하고 있던 암세포들은 점차 소멸되어 간다. 대신 새로운 세포들이 그 자리를 차지한다.

물론 정상세포들이다.

기능의 99%를 잃고 있던 췌장은 암세포 때문에 본래의 모양이 어땠는지 가늠할 수 없을 정도였다.

그런데 더디지만 서서히 본연의 모습을 되찾아간다.

오랜 흡연과 전이된 암세포 때문에 시커멓고 울퉁불퉁하던 폐도 마찬가지이다. 이와 동시에 거친 소리를 내던 다비드의 호흡도 점차 편안해지고 있다.

끊임없이 빠져나가던 마나 유출이 멈춘 것은 약 20분이 지났을 때이다.

"휴우~! 엄청 심했던 거구나."

나직이 한숨을 몰아쉰 현수는 혈색이 좋아진 다비드를 내려다보았다. 마나포션과 리커버리 마법 덕분에 암으로 인한 사망은 면했다. 죽음에 이르게 할 암세포 자체가 거의 모두 소멸된 때문이다. 노화도 약간은 억제되었다.

하지만 다비드는 이미 93세나 된 노인이다.

몇 년간은 별 탈 없이 살겠지만 서서히 기력을 잃고 종래엔 사망하게 될 것이다.

"살면서 좋은 일을 하면 이렇게 되는군."

다비드는 젊은 시절의 아폰테를 도와주었다. 그리고 평생 동안 거래를 하면서 계속 좋은 관계를 유지했다.

그 결과가 이것이다. 죽음의 문턱에서 기적적인 끌어올림을 당해 수명을 늘린 것이다.

아들이 대통령직을 수행하는 모습을 바라보면서 흐뭇해하는 시간을 오래도록 느낄 수 있게 된 것이다.

"아리아니!"

"네, 주인님!"

"이 노인 괜찮아진 거지?"

"…네! 이 정도면 많이 좋은 거죠."

"조금 쉬어야겠어."

"그러세요."

자리에 앉는 현수는 천천히 마나 호흡을 했다. 긴 시간 동안 빠져나간 마나를 채우려는 것이 아니다.

체내의 마나 불균형이 느껴진 것이다.

딸깍—!

문을 열고 나서자 초조하게 서성이던 아폰테와 후안의 시선이 쏠린다. 먼저 입을 연 이는 아폰테이다.

"…어찌 되었나?"

"다비드님은 현재 시료 중에 있습니다. 궁금해할까 싶어 나온 겁니다."

"잘되고 있는 중이지?"

"아직까지는요."

현수가 고개를 끄덕이자 후안 대통령이 시선을 준다.

"언제쯤이면 끝나는가?"

"적어도 여섯 시간은 필요합니다. 그동안엔 어느 누구의 방해도 받으면 안 되니 아무도 못 들어오게 해주십시오."

"여섯 시간? 알겠네. 그리하지."

후안은 현수의 눈빛에서 자신감을 읽은 듯 고개를 끄덕인다. 그리곤 생각났다는 듯 말을 잇는다.

"미스터 킴! 원하는 게 있으면 말하시게. 내가 할 수 있는 건 뭐든 하겠네."

"아뇨! 그런 거 없습니다."

현수는 고개를 저었다. 실제로 무엇을 바라서 한 일이 아니기 때문이다.

"그러지 말고 말하게. 뭐든⋯⋯."

"지금부터 여섯 시간 동안 저 혼자 저 안에서 치료에 열중할 수 있도록 해주시기만 하면 됩니다."

"⋯알겠네. 그리하지."

"그럼!"

말을 마친 현수는 다시 문을 닫았다.

"락!"

철컥―!

다시 잠겼다. 마법으로 잠근 것이라 열쇠가 있어도 열리지 않을 것이다.

현수는 다비드를 바라보았다. 슬립마법에 걸려 편히 자는 중이다. 아까 복용시킨 마나포션과 리커버리 마법은 이 시각에도 제 기능을 하고 있을 것이다.

"텔레포트!"

샤르르르롱―!

온두라스 대통령궁 후원의 한 전각에 있던 현수의 신형이 스르르 사라진다.

"제대로 왔군."

현수의 신형이 나타난 곳은 이실리프 정보3국장 최찬성과 4국장 배진환이 파악해 낸 록히드 마틴 항공연구소 인근이다.

텍사스 주 샌안토니오와 오스틴 사이의 어느 산골짜기인 것이다.

"퍼펙트 트랜스페어런시!"

이제부턴 어느 곳에, 어떤 감시장치가, 얼마나 촘촘히 있을지 알 수 없다. 하여 투명은신마법으로 몸부터 감췄다.

그리곤 보고서에 쓰여 있던 평범한 목장처럼 보이는 곳으로 향했다.

"저곳인가?"

목장은 그곳 지하에 첨단 기술연구소를 감춰두었다는 것을 전혀 눈치챌 수 없는 모습이다.

목부와 개들이 소를 원하는 방향으로 몰고 있었던 것이다.

음메에~! 음메에~! 컹, 컹! 음메에~! 컹, 컹!

"이랴! 이랴!"

촤아아악~! 촤아아악~!

행렬을 빠져나가려던 송아지는 목부가 휘두른 채찍이 바닥을 두들기자 화들짝 놀라며 어미 소 곁으로 돌아간다.

"플라이!"

보고서엔 목장 입구에 적외선 감지장치가 있다고 하였다. 하여 허공을 날아 축사처럼 보이는 건물로 다가갔다.

그리고 보니 축사 수가 상당히 많다. 하나당 최소 100마리는 들어갈 수 있는 것이 거의 100여 동이나 된다.

위장이지만 소를 10,000마리 정도 기르는 모양이다.

이것뿐만 아니라 건물도 상당히 많다.

"흐음! 어느 것이더라."

보고서의 내용을 떠올린 현수는 이맛살을 찌푸렸다.

건물이 다 똑같은데 어느 것이 기준인지 명확하지 않은 때문이다.

"일단 가보면 알겠지."

슬쩍 건물 안으로 스며드니 소들이 여물을 먹고 있다.

"여긴 아닌가?"

다시 밖으로 나와 이곳저곳을 돌아다녔다.

"여기군!"

겉은 축사인데 안으로 들어서니 무장한 경비원들이 보인다. 머릿속으로 평면도를 떠올려 보았다.

어디서 얻은 건지는 알 수 없지만 제대로 된 것이긴 하다. 그런데 1층만 있다. 지하는 어떤지 모르는 것이다.

"일단 가보면 알겠지."

지하 연구실로 내려가는 방법은 엘리베이터뿐이다. 그런데 그 앞에 무장한 경비원이 있다.

한참을 기다려 내려가려는 사람이 있을 때 슬쩍 끼어들어갔다. 물론 머리 위 공중이다.

혹시라도 눈치챌까 싶어 호흡까지 죽였다.

땡―!

스르르룽―!

문이 열리자 따라 나갔다.

많은 사람이 업무에 열중하는 모습이다.

"흐음, 그럼 슬슬 돌아다녀 볼까?"

지하 연구소는 상당히 크고 넓었다. 그리고 복잡했다. 하여 한참을 돌아다녀야 했다. 한 가지 확실한 것은 이곳에서 얻을 정보가 상당히 많을 것이라는 것이다.

"이런 돌아갈 시간이군. 텔레포트!"

샤르르르룽―!

허공에 있던 현수의 신형이 사라졌지만 어느 누구도 눈치채지 못했다.

"흐으음!"

다비드는 여전히 고른 숨을 내쉬고 있다. 혈색은 아까보다 더 좋아진 상태이다.

"마나 디텍션!"

맥문을 잡고 체내를 살펴보았다. 마나포션과 리커버리 마법이 확실히 임무수행을 하고 있음이 느껴진다.

아직 시간이 더 필요한 것이다.

시계를 보니 어느덧 여섯 시간이 거의 다 흘렀다. 록히드 마틴 항공연구소에 머문 시간이 꽤 길었던 때문이다.

딸깍—!

"……!"

또 아폰테와 후안의 시선이 쏠린다.

"일단 1차 시료는 끝났습니다."

"아! 그런가? 수고하셨네."

"들어가 아버지를 뵈어도 되겠는가?"

후안은 어서 예스라는 대답을 하라는 표정이다.

"보시는 건 되지만 접촉은 안 됩니다. 절대 안정이 필요하니까요. 무슨 말인지 아시죠?"

"알겠네, 그럼!"

마음이 급하다는 듯 현수의 곁을 스치고 들어간 후안은 다비드가 누워 있는 병상으로 다가갔다.

"아버지……!"

주름진 얼굴이지만 편안한 표정이다. 그럼에도 눈물이 나는지 후안은 말을 잇지 못하고 있다.

어느새 따라 들어간 아폰테 사장 역시 다비드를 보는 시선에 안타까움이 그득하다.

"2차 시료까지 받으면 괜찮아지실 겁니다."

"…고맙네. 정말 고맙네!"

후안은 현수의 손을 잡고 고개를 끄덕인다.

그런 그의 눈은 습기로 가득하다. 정치를 하겠다고 나서면서 아버지 속을 많이 썩였다 생각한 때문이다.

"배가 좀 고픕니다."

"아! 이런, 미안하네! 어서 나가세. 나가면 식사 준비가 되어 있을 것이네."

잠시 후 일행은 커다란 식탁에 자리했다.

후안 대통령 부부와 아폰테 사장 부부, 그리고 현수와 연희 이렇게 여섯이 앉았다.

식사는 훌륭했다. 맛도 있었고, 분위기도 좋았다. 곁들인 와인이 한몫했다. 대통령과 아폰테 사장은 한시름 덜었다는 후련함 때문인지 제법 많이 마셨다.

그러는 사이에 시간이 흘러 밤 11시쯤 되었다.

"미스터 킴! 특급호텔 수준은 아니지만 숙소를 마련했네. 오늘 고생 많이 했으니 푹 쉬게."

"그러지요. 감사합니다."

"무슨 말씀을……! 편히 쉬고 내일 또 보세."

"그러지요. 대통령님도 편히 쉬십시오."

현수와 연희가 안내된 곳은 아늑한 분위기가 느껴지는 깡 갈한 방이다.

"와아, 여기 멋지네요."

연희는 한국에선 볼 수 없는 중남미식 인테리어가 마음에

들은 듯 여기저기를 둘러본다.

"자기, 먼저 씻고 쉬고 있어!"

"어디 가게요?"

"응! 어딜 좀 다녀올 곳이 있어서. 그러니 쉬고 있어."

"알았어요."

연희는 더 이상 캐묻지 않는다. 어디를 갈 건지 말하지 않음은 물어봤자 대답이 없을 것이라는 걸 의미하기 때문이다.

연희가 욕실로 들어가자 현수의 입술이 달싹인다.

"큐어 포이즌!"

식사하면서 곁들였던 와인 알코올이 즉시 분해된다.

"참! 외장하드!"

다녀온 곳엔 상당히 많은 컴퓨터가 있었다.

일전에 구입한 3,000개의 1TB짜리 외장하드 중 2,500개는 내각조사처 도쿄 3지부에서 사용한 바 있다.

오늘 가려는 곳도 그에 못지않게 많은 내용이 있을 듯하다. 그런데 남은 건 달랑 500개뿐이다.

"안 되겠군."

좌우를 살펴보니 근처엔 경호원들이 없다.

현수와 연희가 아직 신혼이라는 것을 알곤 멀찌감치 떨어뜨려 배치한 때문이다.

"앱솔루트 배리어!"

전능의 팔찌로부터 배리어가 시전된다.

"타임 딜레이!"

오랜만에 시간이 180 : 1로 흐르도록 하곤 노트북과 외장하드들을 꺼냈다. 내각조사처에서 복사해 온 것들이 대체 뭐였는지 궁금하던 차이다. 하여 내용을 대강대강 살피면서 쓸데없는 파일들은 지워나갔다.

"그럼 그렇지! 쯧쯧!"

작업을 하면서 계속 혀를 찼다.

"에구, 에구! 하여간 이놈의 족속들은…….."

거의 모든 하드에 야동이 깔려 있다.

심지어 극비리에 개발 중인 스텔스기 ATD—X(심신)에 관련된 자료가 있는 하드도 그러하다.

F—22를 베꼈나 싶어 살펴보니 약간 다르다.

자체적으로 성능 평가해 놓은 걸 보니 100% 스텔스는 아니다. 레이더에 잡히는 크기가 작은 새 정도로 되어 있다.

이 정도면 한반도를 지나 지나까지 가능 동안 모를 수도 있다.

어쨌거나 상당히 많은 외장하드를 정리하였다.

하여 1,500개 정도 여유가 생겼다.

"이거 가지고 될라나 모르겠네. 아무튼 가보자."

앱솔루트 배리어 마법을 거두곤 다시 한 번 주위를 면밀히 살폈다.

여전히 고요하고 아무도 접근하지 않고 있다.

"텔레포트!"

샤르르르릉—!

또 한 번 현수의 신형이 사라진다.

"다 퇴근했군."

연구원들이 사라진 텅 빈 연구소는 암흑에 싸여 있다. 화재 시 대피를 돕는 유도등 몇 개만이 켜져 있을 뿐이다.

"보나마나 보안시스템이 가동되는 중이겠지? 오올 아이!"

어둠을 꿰뚫고 사물을 볼 수 있는 올빼미의 눈 마법이 구현 되자 적외선 동작감지 장치가 보인다.

"그럼 그렇지. 그러거나 말거나네."

현수는 전능의 팔찌에 마나를 밀어넣으며 중얼거렸다.

"퍼펙트 트랜스페어런시!"

스르르 신형이 사라진다.

"자아, 그럼 슬슬 시작해 볼까? 흐음, 외장하드가 부족하지 말아야 할 텐데. 앱솔루트 배리어! 타임 딜레이."

복사작업은 시간이 제법 많이 걸린다. 하여 시간이 느리게 하였다. 그사이에 어떤 일이 빚어질지 알 수 없다.

하여 세 개의 마법 모두 전능의 팔찌로 시전하였다. 만약에 있을지 모를 상황을 대비한 것이다.

"자아, 우선 이것부터……. 퍼펙트 카피!"

현수는 아까 봐두었던 곳으로 다가가 하드디스크 복사작업을 개시했다. 전원을 켜고 로그인한 후에 하는 작업이 아닌지라 컴퓨터의 신이 와도 하드가 복사되었다는 증거는 발견되지 않을 것이다.

작업이 진행되는 동안 CCTV의 촬영 각도를 이리저리 조종하였다. 외장하드가 찍히면 안 되기 때문이다.

작업은 아주 순조롭게 진행되었다. 그렇게 1,400여 개의 하드를 복사했다.

"이제 얼마 안 남았군."

현수는 나머지 컴퓨터들을 살피며 남은 외장하드의 개수를 계산해 보았다.

"쩝! 한 서너 개가 부족하겠군."

아무리 계산해 봐도 수량이 부족하다. 그냥 갈 수도 있지만 나머지 컴퓨터에 어떤 자료가 들어 있을지 알 수 없다.

하여 이리저리 궁리해 보았으나 이미 받은 것들을 정리하거나 옮겨 저장 공간을 확보하거나 자료가 들어 있는 하드디스크를 뜯어내는 방법밖에 없다.

"어떻게 하지?"

복사하지 못한 컴퓨터는 대략 12개 정도 된다. 그런데 놓여 있는 자리를 보니 그냥 갈 수 없다.

왠지 중요한 자료들이 많이 있을 것 같다는 느낌이다.

"할 수 없지. 아공간 오픈!"

아공간에 담긴 노트북을 꺼냈다. 그런데 부팅이 되지 않는다. 그리고 보니 배터리 충전을 신경 쓰지 않았다.

다시 아공간을 열었지만 충전용 어댑터가 잡히지 않는다.

"이런……!"

생각해 보니 우미내 2층 서재에서 사용한 것이 마지막이다. 그때 노트북만 챙기고 충전용 어댑터는 그냥 놔뒀다.

"할 수 없군."

가장 가까운 컴퓨터를 켰다. 그리곤 기 사용된 외장하드의 파일 중 일부를 다른 외장하드로 옮기는 작업을 시작했다.

이 상태에선 로그인 기록이 남는다. 하여 작업이 마쳐지면 라이트닝 마법으로 못 쓰게 만들 생각이다.

이때였다.

웨에에엥! 웨에에에엥! 웨에에에엥!

그르르룽! 그르르르룽!

요란한 경보음이 터져 나오더니 격벽들이 내려온다.

메릴랜드 주 베데스다에 위치한 록히드 마틴 본사에서 경험한 탄화티타늄 강판으로 제작된 셔터이다.

"제기랄! 귀찮게 되었군."

수십 겹의 차단벽이 공간을 분할하고 있지만 현수는 나직이 투덜거렸을 뿐이다.

이때 돌려놓았던 CCTV가 움직이기 시작한다. 관제실의 누군가가 원격조종을 하는 모양이다.

퍼펙트 트랜스페어런시 마법이 구현된 상태이니 그래 봤자 현수는 보이지 않는다. 하지만 외장하드는 보일 수 있다.

증거를 남기지 않아야 할 상황이다. 하여 CCTV들을 향해 마법을 구현시켰다.

"라이트닝! 라이트닝! 라이트닝!"

파직! 파지직! 파지지지직!

강력한 전류가 흐르자 회로가 타는지 뿌연 연기가 솟는다.

현수는 시선을 돌려 저장 공간 확보작업을 계속했다.

타탁! 타타타타타탁! 타타타타타탁!

사방에서 무장한 경비원들이 달려오는 소리가 들린다. 곧이어 누군가의 지시하는 소리도 들린다.

"모두 이곳에 대기!"

처척! 처처처처척!

경비원들이 일제히 앉아쏴 자세를 취한다. 차단벽이 올라감과 동시에 침입자를 생포하기 위함이다.

"침입자가 공격하면 즉각 응사하라. 죽여도 좋다."

"네! 알겠습니다."

"좋아! 관제실 나와라. 여긴 17경비대. 마이클 대장이다.

섹터8! B16번 문 열어라!"

그르릉! 그르르르릉!

차단벽이 올라가자 모두의 시선이 쏠린다. 그런데 아무런 움직임도 없자 들었던 총을 슬며시 내린다.

"관제실! 여긴 아무도 없다. 이제 B15번 문 열어라."

그릉! 그르르르릉!

차단벽이 올라가는 동안 경비원들은 다시 긴장된 표정으로 40여 평쯤 되는 공간을 샅샅이 훑는다.

"아무것도 없습니다."

"좋아! 관제실 이번엔 B14번 문 열어!"

그르르릉! 그르르르릉!

또 하나의 차단벽이 위로 올라간다.

일련의 작업이 계속되는 동안 현수는 와이드센스 마법으로 주의를 기울이며 외장하드에 파일을 복사시켰다.

이제 남은 건 여섯 개의 컴퓨터뿐이다. 그런데 경비원들의 접근속도가 예상보다 빠르다.

이 상태라면 2개의 컴퓨터는 복사할 수 없다.

"이제 쇼 타임인가?"

휘휘 둘러보니 옷걸이에 흰 가운들이 걸려 있다.

퇴근하면서 벗어놓고 간 것들이다. 이중 2개의 옷걸이에 가운을 덮어 씌웠다.

"마리오네트!"

이 마법은 흑마법이다. 죽은 시체나 사물을 마법사의 뜻대로 움직이도록 하는 것이다.

아무튼 두 개의 옷걸이는 현수의 뜻에 따라 차단벽 좌측에 배치되었다.

이렇게 해놓고 계속해서 복사작업을 진행했다.

"관제실! 이번엔 B3번이야. 올려!"

그룽! 그르르룽!

현수가 작업하고 있는 공간의 차단벽이 올라가고 있다.

경비원들의 긴장된 표정이 보인다. 이 순간 현수의 입술이 달싹인다.

"무브!"

"헉! 저기 뭔가 움직인다."

"집중!"

허연 가운이 움직이자 모두의 시선이 쏠린다.

"무브!"

"저기다. 저기!"

"아앗! 튄다. 쏴!"

타탕, 타탕, 타타타타타타탕—!

피융! 피핑! 피피피핑—!

요란한 총성에 이어 탄화티타늄 강판에 총알 튕기는 소리가 계속해서 이어진다.

뭉개지는 것보다 튕기는 것이 더 많은 듯하다.

이 순간 현수의 몸밖에 앱솔루트 배리어가 형성된다. 몇 개의 총알이 곁을 스치자 저절로 만들어진 것이다.

타탕! 타타타탕! 타타타타탕!

계속해서 총알이 쏟아진다. 그러거나 말거나 파일 저장 작업은 계속되고 있었다.

"이제 얼마 안 남았군. 조금만 더!"

흘깃 옷걸이를 보니 걸레가 다 되었다.

그런데 경비원들의 눈에는 여전히 정체불명인 사내로 보이는 듯 열심히 쏴댄다.

"뭐야? 저거?"

"그러게 왜 안 쓰러져? 방탄조끼라도 입었나?"

"쏴! 계속해서 쏴!"

옷걸이가 이리저리 움직이며 책상 같은 걸 이용하여 피하려는 것으로 보였는지 사정없이 갈기고 있다.

책상 위에 있던 모든 것은 금방 쓰레기가 된다. 하긴 모니터나 본체 등이 총알을 어찌 견뎌내겠는가!

타탕! 타타타타탕—!

"흐음, 이제 다 되었군. 텔레포트!"

현수의 신형이 지하 연구실에서 사라졌지만 경비원들은

여전히 사격 삼매경에 빠져 있다.

"사격 중지! 사격 중지!"

누군가의 말에 총성이 잦아든다.

"샘! 루니! 확인해!"

지휘자의 명에 떨어지자 둘이 조심스런 움직임으로 책상 뒤를 살핀다.

"이건……?"

"뭐야? 이거!"

"샘! 루니! 죽었나?"

"아닙니다. 대장님! 옷만 남기고 사라졌습니다."

"뭐야? 수색해, 샅샅이 수색하란 말이야."

지휘자의 명에 따라 경비원들이 사방으로 흩어진다. 그리곤 혹시라도 책상 아래 숨었는지 확인한다.

CHAPTER 08
이번엔 뉴질랜드

허공에서 현수의 신형이 나타나자 책을 읽고 있던 연희의 고개가 들린다.

"왔어요?"

"안 잤어? 왜 이러고 있었어? 피곤할 텐데."

바디 리프레쉬 마법진이 있기에 다른 사람에 비해 훨씬 피로를 덜 느끼지만 장시간 비행을 했다.

그리고 하루 종일 긴장의 연속이었다.

당연히 엄청난 피로감을 느껴 곯아떨어졌어야 한다. 그럼에도 여태 자지 않고 남편을 기다렸다.

"자기가 안 오는데 어떻게 자요? 갔던 일은 잘되었어요?"

무엇을 하고 왔는지 꼬치꼬치 따지고 물을 수도 있지만 연희는 그러지 않는다. 현수를 믿기 때문일 것이다.

"응! 잘되었어. 근데 안 피곤해?"

"사실 조금 피곤해요. 그래서 졸기도 했구요."

사실은 많이 피곤해서 여태 꾸벅꾸벅 졸았다.

현수가 도착할 때 잠깐 제정신이 들었다. 그리곤 더 이상 졸지 않으려 책을 펼쳐 든 것이다.

"그럼 먼저 자지."

"아뇨! 자기랑 같이 있고 싶어서요."

"그래! 알았어. 금방 샤워할게."

후다닥 샤워를 마친 현수는 침대로 들어가 연희를 보듬어 안았다. 그리고 잠시 후, 열풍이 불기 시작했다.

"하아암!"

짹, 짹, 짹—!

기지개를 켜고 일어나던 현수는 피식 웃었다.

한국과 온두라스, 그리고 아르센 대륙의 공통점이 있다면 새 지저귀는 소리가 똑같음을 느낀 때문이다.

곁을 보니 곯아떨어진 연희가 쌕쌕거리며 잠들어 있다. 숲속의 잠든 공주가 아니라 포근한 침대에 누운 절세미녀이다.

그리고 너무도 사랑하는 아내이다.

"후후! 미안."

밤새 괴롭혔음이 문득 미안해진다. 본인은 체력상 아무런 문제가 없지만 연희에겐 중노동에 버금갔었을 수도 있다.

괜히 안쓰러운 마음이 든다. 하여 잠든 연희의 흐트러진 머리카락을 천천히 정리해 주었다.

그렇게 5분쯤 지났을 때 연희의 속눈썹이 바르르 떨린다. 그리곤 별빛을 드러낸다.

"어머! 깼어요? 칫! 못됐어요."

"어? 왜? 뭐가?"

"나 잠든 모습 추했을 텐데 왜 빨리 깨우지 않았어요? 나중에 그거 가지고 내 흉보려고 그러죠?"

"아냐! 그런 거 아냐. 자기 잠든 모습이 너무 예뻐서 그랬어. 정말이야. 자긴 잠든 모습이 정말 예뻐."

"…정말요? 내 잠든 모습까지 예뻐요?"

연희는 진의를 읽으려는 듯 현수와 시선을 마주친다.

"당연하지. 너무 예뻐서 콱 깨물어주고 싶었어."

"어머! 깨물진 말아요. 아프니까요."

"하하! 그럼, 그럼! 아프면 안 되지. 자아, 어서 일어나. 얼른 준비하고 아침 먹으러 가야지. 여기 사람들이 우리 흉보겠다. 게으름뱅이라고."

"네에."

자리에서 발딱 일어난 연희는 서둘러 욕실로 들어갔다.

"에구, 먼저 씻을걸!"

연희가 샤워하는 동안 현수는 오늘 할 일을 짚었다.

다비드의 치료는 오늘로서 마쳐질 것이다. 그 일이 마쳐지면 곧바로 뉴질랜드로 날아가야 한다. 세바스티앙의 부친 루이 오머런을 치료하러 가야 하기 때문이다.

다음엔 연희를 한국에 데려다놓고 곧장 아르센으로 가봐야 한다. 한 달이라는 마지노선을 넘을 수도 있기 때문이다.

"아침식사는 어땠습니까?"

"아주 만족스러웠습니다. 특히 세비체[11]와 발레아다[12]가 아주 맛이 있었습니다."

"아! 그랬습니까? 그거 말고도 많았을 텐데……."

후안 대통령은 지극히 서민적인 음식이 좋았다고 하자 다소 당황한 듯한 표정이다. 국빈 수준 대접을 했던 것이다.

"물론 다른 것들도 맛이 있었습니다. 근데 제 입맛엔 그게 제일 괜찮았던 거죠."

"그, 그런가요?"

또 표정이 어색하다. 이럴 땐 주의 환기가 필요하다.

---

11) 세비체(Ceviche) : 중남미 해안의 전통음식, 해물을 볶아 만든다.

12) 발레아다(Baleada) : 얇게 부친 또르띠야 안에 고기, 계란, 야채, 요거트, 콩 등을 넣어 먹는 음식.

"자, 식사를 했으니 어르신을 뵈러 가죠."

"…그, 그럽시다."

잠시 후, 현수는 다비드의 침상 앞에 서 있었다.

여느 때와 같이 모든 인원은 방 밖으로 나가 있다.

"마나 디텍션!"

샤르르르릉—!

다비드의 체내로 스며든 마나는 어제완 확실히 다른 보고를 한다. 각종 장기를 파먹던 암세포는 거의 소멸직전이다.

그 결과 더 이상 나빠질 수 없던 각종 장기는 완연한 회복세로 접어들고 있다.

희대의 명약 마나포션을 복용시킨 결과이다. 이쯤 되면 거의 엘릭서에 버금간다고 할 수 있다.

노화되었다 반쯤 재생된 세포들은 마나포션이 담고 있던 마나를 모두 소진하면 다시 노화가 시작될 것이다.

"리커버리!"

샤르르르르릉—!

또 한 번 마나가 스며든다. 잠든 다비드의 얼굴에서 잠시 빛이 나는 듯하다 스러진다.

"이제 됐군."

천하의 리커버리 마법이다. 당연히 모든 걸 정상으로 되돌리기 시작한다. 잠시 다비드의 체내를 관조하던 현수는 커튼을 모두 젖혀 환한 빛이 스며들도록 하였다.

이제 더 이상 할 일이 없기 때문이다.

딸깍―!

"어, 어떻게 되었습니까?"

문이 열리자 기다렸다는 듯 후안이 다가선다.

"다, 되었습니다. 이제 괜찮아지실 겁니다."

"아……! 그럼 들어가 봐도…….."

"네, 보셔도 됩니다."

말 떨어지기 무섭게 후안 대통령과 그 부인, 그리고 아들과 딸들이 우르르 몰려간다.

이때 아폰테 사장이 다가와 현수의 손을 잡는다.

"수고하셨네."

"도움이 되어 다행입니다."

"고맙네. 다시는 이런 부탁하지 않겠네."

아폰테 사장은 현수의 얼굴이 이틀 만에 해쓱해졌다 느낀 것이다.

"네! 사장님이나 사모님께서 편찮으신 게 아니면 가급적이면… 당부드립니다."

"그래, 그래! 알겠네. 꼭 그리함세. 이번엔 미안허이."

"아뇨! 사실 좋았어요. 사장님과 사모님을 또 뵈었잖아요."

"그랬나? 허허, 허허허! 참, 시간 나면 몰디브로 놀러오게.

자네라면 언제든 환영이니. 알았지?"

아폰테 사장은 윙크까지 하며 익살을 떤다.

"하하! 네에, 그렇게 할게요. 조만간 연락드리겠습니다."

아직 3월이니 쌀쌀한 날이 많다.

실라디온 덕에 며칠간 맑은 공기로 호흡했지만 어찌 몰디브의 공기와 비교하겠는가!

현수는 슬쩍 당기는 느낌을 받았다. 그렇기에 흔쾌히 고개를 끄덕인 것이다.

"언제 떠날 건가? 난 여기 며칠 더 머물 생각인데."

"바로 가야지요. 오머런 회장님도 편찮으시니까요."

"그래! 그분도 그렇군, 나와도 안면이 많은 분이니 잘 부탁하네."

"하하! 네에, 그렇게 할게요."

현수와 연희는 온두라스 대통령 내외의 만류에도 불구하고 곧바로 출국했다. 한가롭게 만찬을 즐기고 있을 여유가 없었기 때문이다.

"자기, 정말 대단해요."

연희는 진심으로 존경 어린 눈빛으로 바라보고 있다.

다비드는 미국 최고의 병원에서도 손 놓은 말기 암 환자였다. 의식은 수시로 불명이었고, 지독한 통증 때문에 강력한 진통효과가 있는 마약이 있어야 간신히 잠들었다고 한다.

그런데 또렷한 의식을 되찾았음은 물론이고, 통증도 느끼지 못한다고 했다.

그런데 아무런 도구나 장비 없이 다 꺼져 가는 촛불을 되살려 놓았다. 어찌 놀랍지 않겠는가!

"대단하긴. 그게 마법이야."

"그래요 마법! 나 그거 꼭 배울 거예요. 가르쳐 줘요."

"정말? 그거 어려울 텐데."

"저 학교 다닐 때 수학 잘했어요. 그러니 가르쳐 줘요. 그거 하려면 수학이 필수라면서요."

"그래! 그럼 가는 동안이라도 해볼래?"

"네에."

말은 이렇게 했지만 연희는 금방 후회한다. 마법이 너무 어려워 괜한 말을 했다는 생각이 들기 때문이다.

현수는 최대한 쉽게 풀어서 설명했다.

그런데 연희는 가장 기본이 되는 미분 방정식을 배우면서도 엄청 버벅거렸다.

마법 이론이 너무 어려운 때문이다. 하긴 마법이란 건 소설이나 영화에서나 존재한다 여기고 있었던 사고방식이다.

그러니 자유로운 상상을 요구하는 마법이 어찌 쉽게 인식되고 받아들여지겠는가!

"어서 오시게."

"오랜만입니다. 사장님!"

"하하, 네에, 그간 안녕하셨죠? 미스 베아트리체도요."

"물론이네. 먼 길 오느라 애쓰셨네."

"호호호! 저도 물론 잘 있었지요. 반가워요. 사장님! 그리고 사모님!"

"호호! 네에. 또 뵙네요."

퀸스타운 공항에서 반가운 해후를 한 일행은 준비된 차를 차고 곧장 이동했다.

가는 내내 루이 오머런의 상태에 대해 물었다.

나이가 많다는 것과 천식이 심하다는 것, 그리고 최근 들어 자주 부쩍 기력 떨어진 모습을 보인다고 한다.

그리고 어젠 졸도까지 했다고 한다.

들으며 예전에 읽었던 의서의 내용을 떠올려 보았다. 증세를 종합해 보면 부정맥인 듯싶다.

빈맥으로 인한 심부전 때문에 숨이 찬 것을 천식이 심해진 것으로 오인하고 있는 모양이다.

'리커버리만으로 될까? 에이, 아니다. 기왕 쓰는 김에 마나 포션도 같이 쓰자.'

이것 하나를 제조하려면 귀하디귀한 만드라고라가 두 뿌

리나 필요하다. 이 밖에 상당히 많은 재료가 소요된다.

만드라고라도 그렇지만 나머지 재료 가운데 지구에 없는 것이 그야말로 수두룩하다. 만드라고라는 하나당 가격이 1억 원 정도한다. 다른 재료들의 가격 또한 만만치 않다.

그래서 마나포션 하나의 재료값은 총 3억 원 이상이다.

뿐만 아니라 5서클 이상 마법사의 정성과 지식이 필요하다. 그리고 아주 섬세한 정제작업이 동반되어야 한다.

따라서 지구에서 이걸 판매한다면 최하 5억 원은 받아야 한다. 마진이 거의 제로에 가까울 때이다.

제값을 받는다면 20억 원쯤은 받아야 할 것이다.

하지만 아끼지 않을 생각이다.

세바스티앙으로부터 직접적인 도움을 받은 건 없다.

태백조선소 신조선박 수주상담부 부장이 된 강전호가 가장 큰 혜택을 입었다. 그 결과 친구 사이가 되었다. 전에 없던 친구 하나가 생긴 게 득이라면 득일 뿐이다.

너무도 어려웠던 가정형편 덕분에 현수는 친하게 지낸 친구가 아주 드물다. 따라서 이것만으로도 큰 선물일 수 있다.

게다가 아공간엔 만드라고라가 제법 많다. 라세안과 케이 상단이 구해준 것이다. 다른 재료들도 충분히 많다.

하여 흔쾌히 쓰기로 마음먹은 것이다.

결론부터 말하자면 루이 오머런은 후안 오를란도 에르난

데스처럼 병석을 털고 일어난다.

리커버리 마법과 마나포션 하나의 위력이다.

세바스티앙은 고마움에 눈시울을 붉힌다. 베아트리체는 더 이상 놀랄 수 없다는 표정으로 털썩 주저앉는다.

지난 수년 간 단 한 번도 일어서지 못했던 루이가 제 힘으로 걸어 나오는 것을 본 때문이다.

지팡이에 의지하지도 않았고, 호흡곤란한 모습도 아니었다. 마치 20년은 젊어진 듯한 얼굴이 되어 나왔던 것이다.

하여 현수는 고개 돌리지 않을 수 없었다. 짧은 스커트 사이로 레이스 달린 여성의 속옷이 적나라하게 보인 때문이다.

한바탕 소동이 끝나 모두가 진정되었을 때 현수가 베아트리체에게 물었다.

"참! 마드모아젤 베아트리체. 전호, 그 친구와 결혼하기로 했다면서요?"

"어머! 무슈 강이 벌써 말한 거예요?"

"아뇨! 엘리자베스 사모님께서 말씀하신 거예요."

베아트리체는 얼마 전 강전호로부터 감동적인 프러포즈를 받았다. 한국의 발달된 프러포즈 문화 중 백미만 뽑아 하나의 작품을 만들었던 것이다.

트렁크를 열었더니 풍선이 올라갔고, 먹던 아이스크림에선 다이아몬드 반지가 나왔다.

저녁 식사 후, 세느강 유람선에 올랐을 때엔 하트 모양 촛불이 준비되어 있었고, 폭죽이 밤하늘을 수놓았다.

다음엔 전세 낸 소극장에서의 영화 관람이다.

화면엔 영화 대신 전호가 베아트리체의 가족을 찾아가 장인 장모에게 허락받는 장면이 방영되었다.

마지막으로 멈춘 장면엔 '사랑하는 베아트리체! 나랑 결혼해 줄래?'라는 글귀가 떠 있었다.

당연히 눈물을 쏟았고, 고개를 끄덕였다.

이때 베아트리체의 가족들이 케이크를 들고 입장했다. 그날이 그녀의 생일이었던 것이다.

며칠 후, 베아트리체는 엘리자베스 사모님과 통화할 일이 있었다, 그때 이야기한 것이 현수에게 전해진 것이다.

"아! 그렇군요. 네에, 그러기로 했어요. 미스터 킴도 축복해 주실 거죠?"

"당연하죠. 근데 언제 어디서 결혼식을 하죠?"

"5월 5일 날 하기로 했어요. 근데 장소는 아직……."

"5월 5일이요?"

이날은 한창호가 조인경과 결혼하기로 한 날이다. 그런데 공교롭게도 둘의 결혼 날짜가 겹친다.

하나를 가면 다른 하나는 참석할 수 없다. 하여 난감한 표정을 지었다. 이때 연희가 끼어든다.

"어머! 그날은…… 어떻게 해요?"

"그러게. 조금 난감하네."

현수가 떨떠름한 표정을 짓자 베아트리체가 눈을 동그랗게 뜬다.

"왜요? 그날 무슨 일 있어요?"

대체 왜 이러느냐는 표정이다.

"자기! 두 분 모두 우리 집에서 식을 올리면 어떨까요?"

"우리 집?"

연희는 킨샤사 저택에서의 결혼식이 상당히 좋았다.

엄청나게 많은 사람이 와서 복닥거리기는 했지만 나머지는 아주 좋았다.

너른 풀밭, 맑은 날씨, 그리고 맛있는 음식과 흥겨운 음악이 조화되어 아주 행복하다는 느낌이었던 것이다.

"네에, 우리 어차피 집들이도 하고 그래야 하잖아요."

"…그래! 괜찮은 아이디어네."

고개를 끄덕이고는 베아트리체에게 시선을 주었다.

"결혼식은 어디에서 하기로 했어요?"

"서울에서 한 번 하고 파리에서 한 번 더 하기로 했어요. 서울에서 하는 식은 우리 부모님과 동생만 참석해요. 파리에선 노트르담 대성당에서 하구요."

"그래요? 서울 어디서 하죠?"

"그건… 무슈 강이 정하기로 했어요. 아직 몰라요."

"아! 그래요? 알았어요."

현수의 표정이 확 바뀌면서 밝아지자 베아트리체는 대체 왜 이러나 하는 표정을 짓는다.

"……?"

하지만 말을 하진 못했다. 오머런이 다가온 때문이다.

"고맙네. 정말 고마워. 자네 덕이네."

"고맙기는요. 도움이 되어 기분이 좋습니다."

"그런가? 근데 우리 아버진 얼마나 더 사시겠는가?"

"아마, 10년은 거뜬하실 겁니다."

"10년……? 고마우이! 고마워. 잊지 않겠네."

"하하! 네에. 나중에 밥이나 한 끼 사주세요."

"그러지! 세상에서 가장 맛난 음식을 준비하겠네. 그리고 언제든 내 도움이 필요하면 연락하게."

"네에. 고맙습니다. 그나저나 저 빨리 귀국해야 합니다."

"엥? 저녁도 안 먹고?"

세바스티앙은 대놓고 섭섭하다는 표정을 짓는다.

"회사 일이 너무 바빠서요. 아시잖아요. 저 일 많은 거. 다음에 좋은 시간 만들어보겠습니다."

"그래! 바쁜 사람 여기까지 오게 한 것만으로 폐를 끼친 거지. 조심해서 가게. 서울에서 다시 보세."

"네, 그럼……!"

현수와 연희는 세바스티앙이 제공한 차를 타고 공항으로 가서 곧장 귀국했다.

오기도 힘든 뉴질랜드까지 왔는데 그냥 관광도 안 하고 그냥 가냐며 투덜거렸지만 어쩌겠는가!

아제르바이잔에선 통신기술부, 통신부, 그리고 국방장관이 보자는 연락을 해왔다. 어떤 용무인지는 모르지만 결코 유해한 일은 아닐 것이다.

에티오피아에선 아와사 지역 40,000㎢ 조차 및 4차선 고속도로 신설공사와 표준궤 철도공사에 관련된 사항 모두 국회와 국무회의를 통과되었다.

아울러 대통령의 최종결재까지 떨어진 상황이다. 도착하는 대로 조인서를 써야 공사가 시작된다.

뿐만이 아니다. 그간 벌여놓은 일들 모두 궤도에 올려야 한다. 그러려면 정신없이 바빠야 한다.

그렇기에 한가로운 시간을 가질 수 없었던 것이다.

"수고하셨습니다."

"네! 보스. 언제든 호출해 주십시오. 참, 배려해 주신 아파트 고맙습니다."

윌리엄 스테판 기장의 아내와 아들은 며칠 전 한국으로 이

주했다. 아무래도 이곳에 오래 머물 것 같아서이다.

현수가 제공한 것은 65평짜리 아파트 한 채이다. 물론 급여는 따로 지급된다.

윌리엄의 아래층엔 스테파니와 그녀의 동생이 머문다.

입국장을 통해 들어온 현수는 곧장 양평으로 향했다.

두 쌍의 결혼식을 한 번에 치를 수 있는지 확인해야 했기 때문이다.

확인 결과 추가로 지어지고 있는 빈관의 준공일이 4월 말이라 한다. 그 정도면 손님을 모셔도 될 듯싶다.

"오늘은 쉬실 거죠?"

"그래! 나도 사람이니 조금은 쉬어야지."

"그럼 식사하고 쉬세요. 조금만 기다리면 다 차려요."

연희 더러 쉬라고 한 지현이 혼자서 저녁 준비를 다했다.

"알았어."

준비가 되는 동안 샤워를 마치곤 다시 한 번 저택을 둘러보았다. 조경작업도 거의 마무리되어 있다.

"아리아니!"

"네! 주인님."

"5월 5일에 이곳에서 결혼식을 할 거야. 그때까지 꽃이 제대로 필 수 있을까?"

식물은 옮겨 심으면 바뀐 토양 때문에 일종의 몸살을 앓기도 한다.

"그거야 당연히 피죠! 어떻게 해드릴까요?"

"저택 입구 양쪽에 심어놓은 거 벚나무지?"

양평 저택 진입로의 폭은 대략 15m, 길이는 300m 정도 된다. 가로세로 15㎝짜리 화강석으로 포장되어 있다.

도로의 양쪽엔 왕벚나무가 식재되어 있다.

"네! 여기 기온으로 보면 4월 18일쯤 필 거예요."

"그래? 5월 초면 좋은데?"

"그때 피게 해드려요?"

"그게 가능해?"

놀란 표정을 짓자 아리아니가 환히 웃는다.

"호호! 제가 누구예요? 숲의 요정이랍니다. 그 정도는 일도 아니지요. 호호호!"

아리아니는 모처럼 자랑할 일이 생겼다는 듯 현수의 주위를 날며 기분 좋은 웃음을 짓는다.

"정말?"

"물론이에요. 모든 꽃이 아주 흐드러지도록 피게 해드릴게요. 뿐만 아니라 이 근처 숲까지 손봐드릴게요."

"부탁해!"

"네에, 주인님! 저만 믿으셔요. 그럼 이만……."

말 나온 김에 일하겠다는 듯 아리아니는 서둘러 밖으로 나가버린다.

"흐음! 꽃은 되었고, 빈관도 그때까지면 다 지어진다니 남은 건 음식인가? 그건 호텔 뷔페를 부르면 되겠지."

현수가 고개를 끄덕일 때 지현이 다가온다.

"자기! 식사 준비 다 되었어요. 근데 뭘 그렇게 혼자 중얼거려요?"

"응! 한창호 형님하고 강전호 씨 결혼식을 여기서 하면 어떨까 싶어서. 어차피 집들이도 해야 하니 겸사하자고."

"아! 그거 좋은 아이디어네요. 5월 5일이면 날씨도 아주 좋을 거 아니에요."

"그치? 그럼 둘이서 빈관이랑 연회음식 준비 좀 맡아줘."

"알았어요. 자, 어서 식사해요."

"그래!"

현수는 지현이 차려준 맛깔스런 음식으로 배를 채웠다.

연회는 같이 움직였지만 지현은 며칠간 독수공방했다.

하여 남편으로서의 의무를 아주 충실하게 다했다. 당연히 지현은 곯아떨어진다.

쌕, 쌕!

"후후! 잘도 자네."

잠든 지현을 바라보는 현수의 입가엔 부드러운 미소가 맺힌다. 너무도 사랑스런 여인이 아내라는 게 기분 좋아서이다.

"이제 슬슬 가봐야 하는데… 아리아니!"

"…네, 주인님!"

"아르센으로 갈 거야. 정령들 다 불러."

"어머, 그래요? 그럼 조금만 기다리세요."

아리아니가 물, 바람, 불, 땅의 상급정령을 부르러 간 사이에 현수는 아르센에서의 일들을 확인했다.

이곳 시간으로 약 한 달 전에 파이렛 군도, 이제는 이실리프 군도라 이름이 바뀐 섬들을 모두 점령한 바 있다.

그 과정에서 거의 모든 해적에게 절대충성마법을 걸어놨다. 덕분에 체내 마나량은 물론이고 켈레모라니의 비늘 또한 마나를 담을 수 있는 양이 대폭 늘어났다.

어쨌거나 노예생활을 하던 기사, 마법사, 행정관들로 하여금 해적들을 노예로 부리게 하였다.

이실리프 왕국을 건설하기 위함이다.

권력을 탐내서가 아니다. 다른 이들에게 해만 끼치던 해적들을 교화하기 위함이다. 또한 바다를 끼고 있는 아드리안 공국을 돕기 위함이기도 하다.

"쩝! 깜박 잊고 배를 다 바다에 띄워놓았군."

해수 피라니아가 무서워서 어느 누구도 배까지 헤엄치진 않았을 것이다.

"부르심을 받고 왔사옵니다. 마스터!"

공손히 고개 숙인 것은 청금발이 잘 어울리는 물의 상급 정령 엔다이론이다.

"저도 왔습니다. 마스터!"

노에스 또한 공손히 고개를 숙인다.

"그래, 하던 일은 진척이 있어?"

"말씀하셨던 것들을 이동시키고 있습니다. 하지만 너무 양이 많아 시간이 조금 더 필요합니다."

"그래? 근데 너희가 최상급 정령으로 진화하면 더 빨라질 것이라고?"

"그건… 솔직히 잘 모릅니다. 저희가 최상급 정령이었던 적이 없어서 진화하면 어떤 능력을 갖게 되는지 잘 모르기 때문입니다."

노에스의 말에 엔다이론이 고개를 끄덕이며 동의한다.

"알았어! 그나저나 이그니스는?"

"헉헉! 저도 왔습니다. 마스터!"

"그래? 다 모였군."

현수는 어깨 위에 앉은 아리아니를 슬쩍 바라보았다.

[말씀하셔요. 그럴 가능성이 있으면 안 데리고 가야죠.]

고개를 끄덕이곤 사대 정령을 둘러보았다.

무엇이든 하실 말씀 있으시면 하라는 표정이다.

"나는 너희를 다른 차원의 다른 세상으로 데리고 가려고

해. 그곳은 아르셴이란 곳으로……."

현수의 말이 이어지는 동안 사대 정령은 귀를 쫑긋 세우고 경청했다. 지구처럼 마나가 희박한 게 아니라 액체처럼 진하다는 말에 감탄사를 터뜨린다.

노에스나 엔다이론은 눈빛까지 반짝인다.

마나만 충족되면 최상급으로 진화할 수 있음에도 그러지 못하는 상황이기 때문이다.

게다가 정령들만을 위한 정령계가 있다는 말에 눈을 크게 뜬다. 그곳은 어떨까 싶은 것이다.

최하급, 하급, 중급, 상급, 최상급, 그리고 남성체 정령왕과 여성체 정령왕이 모두 있다는 말에 놀라기도 한다.

정령왕을 제외한 모든 등급의 정령이 상당히 많다는 말에는 호기심 어린 눈빛이 된다.

자신들은 지구의 각기 하나뿐인 상급 정령이기 때문이다.

궁금한 게 많은지 많은 질문이 오갔다.

그 말 중엔 다음과 같은 것도 있다.

"상급은 최상급에 복종해야 해. 그리고 같은 최상급이라 하더라도 서열이 있어. 그래서 그들의 말을 따라야지. 특히 정령왕의 명령은 절대 엄수해야 해. 안 그러면 최상급 정령이라도 소멸될 수 있거든."

아리아니의 말이었다.

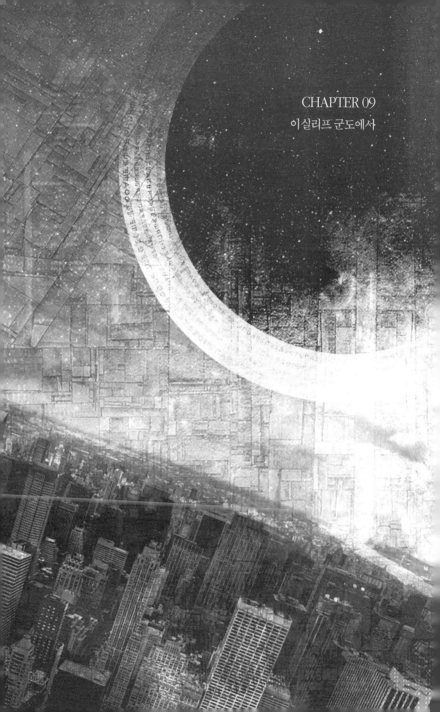

CHAPTER 09
이실리프 군도에서

"저희는 지구에 속한 정령인데도 그래야 하는 거예요?"

실라디온의 질문에 아리아니가 고개를 끄덕인다.

"너희도 정령이니까!"

현수는 아리아니와 정령들의 대화를 듣고 이들의 이탈 가능성이 제로에 수렴된다 느꼈다.

지금껏 자유를 만끽했다. 적어도 지구에선 최상위 정령이었기에 무엇이든 마음대로 해도 되었다.

그런데 높은 등급의 정령들의 지시를 받거나 정령왕에 의한 강제 소멸이 있다는 말에 정령계에 대한 관심이 확연히 줄어들었음이 느껴진 것이다.

"좋아! 모두 내 아공간에 들어가. 아르센에 당도하면 꺼내
줄 테니."

"네, 마스터!"

모든 정령과 아리아니까지 아공간으로 들어간다.

"되게 오랜만인 거 같네. 트랜스퍼 디멘션!"

샤르르르르릉—!

"흐으음! 역시……."

맑고 신선한 공기를 흡입한 현수는 눈을 지그시 감았다.

서울과는 너무도 다르다. 온도와 공기도 다르지만 무엇보
다도 마나의 양과 질이 다르다.

지구의 그것이 희박하고 오염되었다면 이곳은 진하고 깨
끗하다. 비교 자체가 되지 않는다.

"어서 오십시오. 마탑주님!"

"아……!"

"이상 없습니다."

"근데 여긴 왜……?"

"아! 저는 일족의 어르신으로부터……."

현수에게 보고한 이는 엘프이다. 어느 누구도 마종을 건드
릴 수 없도록 보초를 서던 중이라 한다.

"수고했네요."

"네, 그럼 이만 물러갑니다."

이실리프 마탑주가 나타난 이상 더 이상의 경계근무는 의미가 없다. 마족이 아니라 드래곤이 나타나더라도 마종을 건드릴 수 없기 때문이다.

"일단 이게 먼저지."

양생이 완전해졌는지를 확인하곤 콘크리트 보호와 수명 연장을 위한 강화제를 뿌려주었다. 타임 패스트 마법으로 강화제가 군자 무기질 침투성 방수제 처리를 했다.

이로써 콘크리트의 수명 연장 작업은 완료되었다.

표면에 그려놓은 보존마법도 있으니 족히 200년은 견뎌낼 것이다.

"좋았어! 이번엔 앤티 그래비티!"

8서클 마법이 시전되자 마종은 무게를 잃는다. 하지만 들기 쉬운 건 아니다. 마땅한 손잡이가 없기 때문이다.

"디그! 디그! 디그……!"

수십 번의 땅파기 마법은 엄청난 크기의 구덩이를 생성시켰다. 파낸 흙만으로도 작은 동산을 만들 지경이다.

"으라차……! 어라?"

조심스레 균형 잡고 마종을 들어 올리던 현수는 실소를 금치 못했다. 무게가 없기에 너무 쉽게 들린 때문이다.

"하긴 앤티 그래비티이니. 쩝~!"

조심스레 마종을 구덩이에 넣었다.

혹시라도 콘크리트에 금이 갔는지 여부를 확인하기 위해 구덩이 속까지 들어가 살펴보았다.

"좋았어! 빅 핸드!"

다음은 되메우기 작업이다. 커다란 손이 나타나 한 번에 흙을 쏟아부었다.

팡, 팡! 팡, 팡!

여러 번 두드려 다지기까지 마쳤다.

"흐음! 이제 되었군."

혹시 몰라 사용하고 남은 흙은 넓게 펼쳐놓았다. 이곳에 마종이 있었음을 눈치채지 못하게 하기 위함이다.

시선을 들어보니 위그드라실이 생생함을 더해가고 있다.

뿌리로부터 잠식해 오던 마기에 해방되어 본연의 기능을 되찾아 가는 중이기에 이럴 것이다.

그러고 보니 주변의 마나 농도가 전보다 훨씬 짙어진 듯하다. 위그드라실의 빠른 회복을 위해 바세른 산맥 전체의 마나가 몰려들고 있기 때문이다.

"아공간 오픈!"

"후아~! 주인님!"

가장 먼저 나온 건 아리아니이다.

"엔다이론, 실라디온, 노에스, 이그니스 모두 나와!"

"네, 마스터!"

"으읏……!"

"허억!"

"흐엑! 이건……? 마나?"

"으아아! 마나의 바다다. 바다! 흐으으음!"

사대 정령은 엄청 진하고 순수한 마나에 흠뻑 취한 듯 부르르 떨기도 하고, 마치 음악 감상이라도 하듯 지그시 눈을 감는다.

액체인 물이 기체로 변하면 부피가 약 1,600배 늘어난다. 현재 정령들이 느끼는 정도가 이러하다. 아르센 대륙, 특히 마나가 풍부한 위그드라실의 권역은 지구에 비해 약 1,600배가 이상 마나 농도가 짙다.

마나에 민감하니 이런 반응은 당연한 것이다.

이들이 마나에 심취해 있을 때 아리아니가 속삭인다.

"지금이에요. 주인님!"

"알았어! 마나 샤워!"

샤르르르르르릉—!

켈레모라니의 비늘로부터 무지막지한 마나가 뿜어진다. 이것은 네 줄기로 나뉘었다.

"으으으! 으으으으!"

"하악! 흐으으웅!"

"히엑! 흐으으읍!"

"크으으으읍!"

사대 정령은 본신으로 쏟아지는 마나를 흠뻑 빨아들인다. 그러던 어느 순간 넷 모두의 몸이 심하게 떨리기 시작한다.

이그니스는 순식간에 허물을 벗는다. 그런데 날개 한 쌍이 늘어나면서 몸집도 비약적으로 커진다.

거의 20배쯤 커지면서 머리에 두 개의 뿔이 솟아난다.

뿐만 아니라 꼬리도 커졌다. 불사조 피닉스(Phoenix) 같은 형태가 된 것이다.

같은 순간, 노에스도 진화를 겪었다. 이그니스와는 반대로 덩치가 줄어든다. 신장 184㎝인 현수보다 조금 더 크다.

피부의 색깔은 짙은 갈색에서 아주 연한 갈색으로 바뀌었다. 한여름을 바닷가에서 보낸 백인의 가을 모습쯤 된다.

청금발이 아름다웠던 엔다이론은 충격적인 변태를 겪는다. 절세미녀였던 몸이 투명해지는가 싶더니 전설처럼 전해지는 용의 모습으로 변했다.

이런 것으로 따지면 가장 변화가 적은 건 실라디온이다. 멀리서 보면 거의 변한 게 없는 것으로 여겨질 정도이다.

하지만 현수는 눈앞에서 일어나는 놀라운 변화를 똑똑히 목격했다.

실라디온은 본체로 되돌아갔을 때의 아리아니만큼이나 아름답고, 육감적이며, 뇌쇄적이고, 고혹해졌다.

피부는 만지면 묻어날 듯 투명하고 부드러워 보인다. 여전히 발가벗고 있는데 연한 갈색이 섞인 금발로 교묘히 가려져 더욱 뇌쇄적인 모습이다.

"세상에……!"

현수 본인은 모른다.

아르센 대륙의 역사상 어느 누구도 사대 정령이 동시에 진화하는 과정을 목격한 바 없다는 것을!

심지어 정령계를 관장하는 정령왕들조차 상급 정령 넷이 한꺼번에 최상급으로 진화하는 건 본 적이 없다.

진화과정은 매우 예민하기에 외부의 자그마한 충격에도 소멸될 수 있다. 그렇기에 진화를 직감한 정령은 본인만의 장소를 찾아간다. 당연히 어느 누구의 시선도 미치기 어려운 곳이다. 그렇기에 정령왕들조차 보지 못한 것이다.

"마스터! 아아! 마스터……!"

감격에 겨워 현수의 품으로 무너진 것은 실라디온에서 실라디아로 진화한 바람의 최상급 정령이다.

"마스터! 이 은혜를 어찌……! 흐흑! 감사해요. 흐흐흑!"

마치 인간 여인이 사랑하는 사내의 품에 안겨 속삭이듯 자그마한 음성으로 이야길 한다. 현수는 손을 어찌해야 할지 몰라 어정쩡한 자세로 서 있을 뿐이다.

이쯤 되면 노발대발할 아리아니가 웬일인지 가만히 있다.

상급에서 최상급으로 진화할 때 어떤 기분인지를 짐작하기에 한번 봐주는 중인 것이다.

이때 노에스에서 노에디아로 진화한 땅의 최상급 정령이 한 무릎을 꿇은 채 깊숙이 고개 숙인다.

"마스터 덕분에 진화했음을 영원히 잊지 않겠습니다."

"소녀 또한 마스터의 은혜를 영원히 잊지 않겠사옵니다. 어떠한 명을 내리시든 달갑게 이루어드리겠나이다. 마스터!"

어여쁜 여인의 몸이었다가 용으로 진화한 엘리디아는 여전히 사극투이다.

"불의 최상급 정령 이그드리아 또한 마스터께 영원한 충성을 맹세드립니다."

활활 타오르는 뜨거운 불길 속의 거대한 피닉스가 고개를 조아린다.

아르셴 대륙의 농도 짙은 마나와 켈레모라니의 비늘로부터 쏟아져 나온 순수한 마나세례 덕분에 진화했음이 너무 고마웠던 것이다.

노에디아의 경우는 마리아나 해구 아래에 머물면서 마나를 모아왔다. 그 상태 그대로 있었다면 3억 년쯤 지나면 최상급을 바라볼 수 있을 것이라 상상했다.

지겹게도 길고 긴 시간이지만 어쩌겠는가!

지구의 마나는 인간의 문명이 발달하면서 급속도로 희박해졌고, 오염되어 가는 중이다.

상급정령이기에 분노의 표시로 잦은 지진을 일으켰지만 인간들은 그저 자연현상인 것으로 여기고 있다.

그러다 종래엔 인간이라는 종족 자체가 멸종당할 수 있음을 알면서도 계속해서 그런다. 이런 걸 보면 인간은 참으로 오만하고, 어리석은 종자들이다.

특히 냄새나는 족속들이 그러하다.

자연환경을 너무 많이 훼손시켜 조만간 손봐주려는 중이다. 이번 지진은 싼샤댐이라는 것을 무너뜨릴 목적이다.

지나의 화중지방은 매년 물난리를 겪는 반면, 화북지방은 가뭄에 시달리고 있었다. 이런 양극적 분위기를 반전시키려는 목적으로 건설된 것이 싼샤댐이다.

그런데 이것으로 인해 바다로 흘러나가던 물이 줄어들게 되자 황해의 염분농도가 올라갔다.

대신, 영양염류와 부유물질은 감소되었다.

이것은 어류의 식량감소를 의미한다. 식물성은 물론이고 동물성 플랑크톤까지 줄어들자 어족자원이 대폭 감소하였다.

먹을 게 없으니 서식지를 떠나버린 것이다.

이 때문에 우리 영해까지 침범하여 불법 조업하는 어선수가 대폭 늘어났던 것이다.

어쨌거나 싼샤댐은 세계 최대 규모이다. 길이 2,309m, 높이 185m, 그리고 폭은 22.6m나 된다.

담수용량은 393억t이고, 담수호의 넓이는 1,084㎢나 된다.

이게 무너지면 하류는 완전히 박살 난다. 호호탕탕한 격류가 휩쓸고 지나면 아무것도 남아나질 않을 것이기 때문이다.

아무튼 이그니스와의 분쟁 이후 마리아나 해구로 향했던 노에스는 조만간 싼샤댐 붕괴를 야기하려 했다.

그리고 상해, 향항, 북경, 광주, 심천, 천진, 항주, 중경, 서안, 제남, 청도 등 주요도시에 대한 지진을 계획했다.

이것들을 모조리 무너뜨려야 분이 풀릴 듯해서이다. 그런데 현수를 만나는 바람에 일이 틀어진 것이다.

"다행이야! 너희들 모두 최상급으로 진화해서."

"모든 게 주인님의 덕이지요."

아리아니의 말에 사대 정령은 찍소리 않고 고개를 끄덕인다. 사실이기 때문이다.

지구에선 아리아니가 모든 정령을 다스리는 요정이라는 말에 고개를 갸웃거린 적도 있다.

30㎝ 정도밖에 안 되는 키에 위압적인 느낌이 전해지지 않았던 때문이다. 그런데 이곳에 당도하여 보니 확연히 느낌이

다르다.

최상급이 되었지만 감히 감당할 수 없을 무시무시한 카리스마가 뿜어지고 있었던 것이다.

이는 아리아니가 정령들을 휘어잡기 위해 현수로부터 마나를 빨아내는 중이기 때문에 그러하다.

어쨌거나 사대 정령은 차원이동을 하는 동안 정령계로 갈 마음이 없음을 분명히 했다.

다른 최상급 정령과 정령왕의 명령에 따라야 하는 것이 마땅치 않은 때문이다. 그도 그럴 것이 지구에선 자신들이 최고였으니 그러하다.

"기왕에 온 거니 구경이나 해. 다른 정령들과는 가급적 접촉하지 말고."

"마스터! 저희가 왜 그래야 하는지 혹시 알려주실 수 있사옵니까?"

"그건……."

대답은 현수를 대신하여 아리아니가 했다.

이곳의 정령들은 지구와 생각하는 것 자체가 다르다. 그러므로 자칫 충돌이 빚어질 수 있음을 주지시킨 것이다.

최상급이 되었지만 더 강한 최상급들도 있을 것이다.

또한, 정령왕도 있기에 그들 중 누구라도 오면 꼼짝없이 잡혀야 함을 알기에 모두들 고개를 끄덕인다.

아리아니는 무엇을 하든 반드시 자신에게 물으라는 당부를 했다.

"자, 이제 이곳에서의 일은 대강 마쳐졌으니 이실리프 군도로 가자. 매스 텔레포트!"

샤르르르르릉—!

현수 일행이 사라지자 위그드라실이 천천히 가지를 움직인다. 얼마 지나지 않은 어느 순간 현수가 있던 곳에서 후계목이 돋아나기 시작한다.

위그드라실의 영역이기에 성장속도가 매우 빨라 금방 어린아이 키만큼 돋았다. 이를 본 엘프 가운데 하나가 감탄사를 터뜨린다. 그리곤 숲 속으로 달려갔다.

"아아! 족장님! 족장님!"

잠시 후 트렌시아 토들레아를 비롯한 엘프 일족 모두가 후계목이 있는 곳으로 뛰어온다. 오랫동안 기다려온 일이기 때문이다.

엘프들은 후계목 주변에 결계를 치고 그것을 중심으로 사방에 둘러앉았다. 그리곤 연신 고개를 조아리며 후계목 탄생을 축복하는 의식을 치렀다.

삼 일 밤낮은 걸릴 일이다.

"로드젠!"

"아! 어서 오십시오, 마탑주님!"

미판테 왕국 홀렌 영지의 수석기사였던 로드젠 아우딘 준남작은 현수를 보자마자 허리를 직각으로 꺾는다.

"부두에 가면 배가 있을 것이니 인원을 동원하여 모든 이실리프 군도로 사람을 보내게."

"……?"

"가거든 기사와 마법사, 그리고 행정관과 귀족 등 해적이 아니었던 이들을 집합시키게."

"알겠습니다. 한데 어디로 집결시킬까요?"

"가장 큰 섬! 코리아도라 명명할 것이다."

"코리아도……! 알겠습니다. 명을 받드옵니다."

로드젠이 뒷걸음질로 물러가자 잠시 적막이 흘렀다.

"마탑주님! 소녀, 라이사이옵니다. 들어가도 되겠는지요?"

"라이사?"

현수의 뇌리로 남작의 딸이었지만 해적들에게 몹쓸 짓을 당한 소녀가 떠올랐다. 이 섬을 점령했을 때 밤 시중을 들러 왔던 여인이다.

"들어와도 좋다."

"네, 그럼!"

라이사가 사뿐사뿐 걸어들어 온다. 해적들의 괴롭힘으로부터 해방되어 그러는지 전보다 훨씬 보기 좋다.

"마탑주님! 목이 마르실 것이니 이것을 드시지요."

라이사가 공손히 바친 것은 지구로 치면 야자수 열매 같은 것이다. 잘려진 열매 안에 찰랑이는 액체가 보인다.

"고맙구나."

현수는 라이사가 건넨 야자수 비슷한 것의 액체를 맛보았다. 달착지근한 정도는 식혜와 비슷한데 상큼한 향이 좋았다.

"나이가 몇이지?"

"소녀 이제 스물둘이 되었사옵니다."

"언제부터 이 섬에 있었지?"

"소녀가 열여덟 되던 해이옵니다. 아버지를 따라 수도로 가다가 그만……."

"아버지는 어디에 있는가?"

"소녀의 큰 아비가 몸값을 주어 풀려났사옵니다."

"그런데 왜 너만……?"

"그건……!"

보아하니 어리고, 얼굴이 반반하여 억류된 상태에서 고초를 겪은 듯하다. 그때의 생각이 나는지 눈물만 흘린다.

"알았다. 라이사는 코리아도로 사람들이 집결할 때 따라오도록 하라."

"…네, 알겠사옵니다."

잠시 어색한 침묵이 흐르자 라이사는 알아서 물러났다.

밖으로 나온 현수는 플라이 마법으로 섬 전체를 둘러보았다. 해적들은 이전에 노예로 부리던 이들의 지휘를 받아 노역 중이다. 잡초 무성했던 평지를 갈아엎으며 돌을 골라내어 농지를 만드는 작업이 진행되고 있다.

이전에 아름답다 여겼던 장소도 다시 한 번 살펴보았다. 여전히 빼어난 경관이다.

"위성이라도 하나 쏘아 올려야 하나?"

이실리프 군도의 지도가 필요했기에 중얼거린 말이다. 이때 궁금하다는 표정으로 실라디아가 묻는다.

"마스터! 위성이 왜 필요하신데요?"

실라디온으로서 지구에서 살았기에 인공위성이 무엇인지 아는 모양이다.

"여길 좀 더 자세히 알아야 개발을 잘할 수 있을 거 같아서 그래. 그러려면 지도가 필요한데 이렇게 날면서 일일이 그릴 순 없잖아. 지구에서 위성을 가져와야 하나?"

"지도라 하심은 땅의 모양을 그림으로 그린 거지요?"

"그래. 그게 있으면 여러모로 편하거든."

"그거 제가 해드릴 수 있어요."

"정말?"

듣던 중 반가운 소리라는 표정을 짓자 실라디아가 매혹적인 미소를 짓는다. 최상급이 되면서 극상의 아름다움을 갖게 되었기에 너무도 예쁘다.

아리아니, 카이로시아, 로잘린, 스테이시, 케이트, 다프네, 이리냐, 지현, 연희 같은 미녀를 알지 못했다면 정신 못 차리고 입을 헤벌렸을 정도이다.

"네! 지도뿐만 아니라 텔레포트 좌표까지 알아봐드릴 수 있어요. 그렇게 해드릴까요?"

"그래 주면 나야 고맙지. 그럼, 부탁해."

"호호! 네에. 마스터의 뜻대로 해드릴게요."

실라디아는 1초라도 빨리 임무를 완수해 현수를 기쁘게 해주겠다며 자리를 떴다.

"쳇! 아양 떨기는……."

아리아니가 몹시 떫은 표정으로 멀어져 가는 실라디아의 뒤태를 보고 있다. 육감적인 둔부와 예술적인 바디 라인이다.

"왜?"

"주인님께 잘 보이려고 아양 떠는 거예요. 저거……!"

"그런 거야? 근데 내게 잘 보이면 안 되는 거야?"

"안 되긴요. 당연히 잘 보여야죠. 근데 너무 티가 나니까. 에이, 아니에요."

아리아니는 심기 불편함을 감추지 않는다. 이쯤 되면 살짝 다독여 줘야 한다.

"아리아니! 너는 내가 사랑하는 요정이고, 실라디아는 내게 종속된 정령이지? 근데 왜 그래?"

"…호호! 죄송해요. 다신 안 그럴게요."

단번에 현수의 의중을 파악하곤 화사한 미소를 짓는다.

"그나저나 여긴 언제 다 개발하나?"

이실리프 군도는 56개의 섬으로 이루어져 있다.

가장 큰 것은 1,840㎢ 짜리 제주도만 하고, 제일 작은 섬은 334㎢쯤 되는 진도만 하다.

제주도의 인구는 65만이고, 진도에도 4만 명이나 산다.

다 합치면 경기도 전체 면적의 25.5배쯤 되는데 인구는 300만 명 정도 된다.

인프라라 할 것은 아예 없다. 도로조차 제대로 닦인 곳이 없으며, 집이라곤 비나 간신히 가릴 정도이다.

"흐으음! 어떻게 한다?"

현수는 잠시 생각에 잠겼다.

이실리프 군도의 개발은 아르센 대륙 전체에 문화충격을 주지 않을 정도까지여야 한다.

따라서 지구의 물건은 가급적 없어야 한다.

하지만 대소변을 아무 데나 보고 그대로 방치하는 것은 너무도 비위생적이므로 화장실 문화만큼은 도입하고 싶다.

지구의 좌변기나 양변기를 만들 기술이 이들에겐 없다. 따라서 그것을 흉내 낸 목재 변기 정도면 될 것이다.

가운에 구멍이 뚫린 걸상 모양이면 된다.

수세식 화장실은 어려우니 재래식 변소가 적당하다.

이렇게 분변을 따로 모으면 위생상 좋고, 훌륭한 퇴비를 얻게 되니 일석이조가 된다.

냄새는 공기정화 마법으로 충분히 제어될 것이다.

농토는 가급적 반듯하게 정리하되 그 사이사이에 도로가 있어야 한다.

작물은 개량된 종자를 쓸 것이다. 당연히 엄청난 수확을 하게 될 것이다. 이것은 다른 나라와의 교역에 사용한다.

현수는 팔짱을 낀 채 이런저런 생각을 했다.

"아리아니! 코리아도로 가자."

"네! 주인님!"

애꾸눈 잭을 죽이고 정벌을 마친 코리아도에는 4서클 마법사 하리먼이 있다. 해적들에게 납치된 마법사 가운데 가장 화후가 높은 자이다.

현수는 하리먼에게 전반적인 정비를 지시해 봤는데 어느 정도나 이루어졌는지 확인해 볼 생각인 것이다.

"어서 오십시오. 로드!"

하리먼의 허리가 135°로 꺾인다. 마법사로서 위저드 로드에게 극경의 예를 표하는 것이다.

"그래, 일은 잘 진척되고 있는가?"

"그러합니다. 로드! 한데 문제가 있습니다."

"문제? 무슨 문제……?"

"애꾸눈 잭의 부두목 중 하나가 아드리안 공국의 상선들을 치기 위해 출동했다고 합니다."

"…아드리안 공국의 상선을?"

"네! 로드께서 잭을 징치하던 바로 그날 잭의 명을 받은 해골도 부두목 로켄이 출정에 나섰다고 합니다."

"해골도?"

"네! 파이렛 군도, 아니, 이실리프 군도 중 최북단에 위치한 섬입니다. 그 섬은 로켄이 지배했는데……."

현수가 애꾸눈 잭을 제거한 것은 이곳 날짜로 지난 1월 3일이다. 그리고 오늘은 1월 18일이다.

별 탈 없으면 해골도로부터 아드리안 공국까지 보름쯤 걸린다. 따라서 지금 공격을 받고 있을지도 모른다는 보고였다.

아드리안 공국을 공격하려던 미판테, 쿠르스, 그리고 엘라이 왕국군은 전원 철군했다. 느닷없이 등장한 이실리프 마탑주의 분노를 두려워한 결과이다.

아드리안 공국은 그동안 삼국의 해상봉쇄로 많은 어려움을 겪었다.

북쪽에 위치한 카이엔 제국은 라이서 제국 및 크로완 제국과의 전쟁으로 제 앞가림에도 급급한 상황이다.

전쟁엔 많은 물자가 필요하다. 하여 아드리안 공국이 필요로 하는 것들에 대한 반출을 금했다.

식량도 식량이지만 병장기 제조에 필수불가결한 철괴 같은 것은 카이엔 제국에서도 대량으로 소모되어야 하는 상황이기 때문이다.

이 밖에 생활필수품이라 할 수 있는 것들이 많이 부족했다. 그간엔 비축된 것을 사용하는 한편 극도의 내핍으로 견뎌냈다. 그런데 현수 덕분에 전쟁의 위험성으로부터 해제되었다.

아드리안 공국의 귀족들은 각종 사치품과 소모성 물자를 구입하기 위해 상인들을 파견했다.

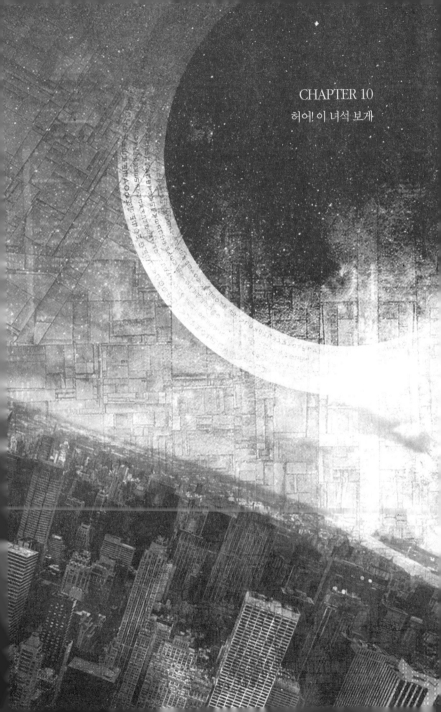

CHAPTER 10
허어! 이 녀석 보게

자신들을 위협하던 미판테, 쿠르스, 엘라이 왕국과는 거래하고 싶지 않다. 하여 바다 건너 제라스 왕국, 라이카 왕국 등으로 상선을 띄웠다.

이 첩보는 즉시 애꾸눈 잭에게 보고되었다.

아드리안 공국의 배에는 물품 구입대가로 지불할 막대한 양의 금괴와 미스릴괴가 실려 있다는 내용이다.

이에 즉각 출동이 명해졌고 부두목 로젠은 수하들을 이끌고 출동했다. 아드리안 공국이 띄운 배는 21척이다.

로켄은 이것의 다섯 배쯤 되는 95척을 출항시켰다.

이번 작전이 성공되면 세 가지를 얻게 된다.

막대한 양의 금괴와 미스릴괴와 아드리안 공국이 띄운 21척의 상선, 그리고, 많은 수의 노예이다.

나포된 상선에 귀족이나 고위상인이 있는 경우엔 추가로 몸값까지 받아낼 수 있다.

어쨌거나 로켄이 데리고 간 부하는 약 5,000여 명이다. 전원 쇠뇌를 소지하고 있으니 작전성공은 불 보듯 뻔하다.

로켄이 출항하고 얼마 지나지 않아 해골도는 현수에 의해 제압되었다. 그때 부두목인 양 거드름을 피우던 자는 잭이 파견한 자였다. 그렇기에 모르고 지나친 것이다.

"그런가? 알았네."

아드리안 공국은 스승이 보살핌을 부탁한 나라이다. 위기에 처했다니 당연히 도와야 한다.

"아공간 오픈!"

아공간에 담긴 대륙좌표일람을 꺼내 아드리안 공국의 최남단 항구의 좌표를 파악했다.

그리곤 하리먼에게 지시사항을 전달했다.

"모든 인원을 이곳에 집결하라는 명을 내렸다. 내가 올 때까지 그들과 협조하되……."

몇 가지 당부를 남기면서도 마음은 불편했다. 직접 챙기는 것과 같은 결과를 얻기 힘들 것이기 때문이다.

하지만 어쩌겠는가!

마음은 급하지만 할 일은 해야 하기 때문이다.

코리아도라 명명된 본섬으로 올 자들은 마법사와 기사, 그리고 행정관 등이다. 이들로 하여금 이실리프 군도 전체에 대한 청사진을 제시하도록 명을 내렸다.

기준이 필요하기에 도로와 화장실 등 몇 가지 사안에 대한 지침 제시했다.

하리먼은 자신들이 해야 할 일의 중요성을 깨닫고는 자세를 바로 했다.

이실리프 군도는 이실리프 왕국으로 선포될 예정이다.

따라서 자신들이 할 일은 여타 왕국의 고위귀족들이나 할 정책 결정과 같은 업무이다.

지구와 비교하면 하리먼은 총리 역할을 할 확률이 매우 높다. 다른 마법사와 행정관들은 능력에 따라 각부 장관 및 차관 등으로 임명될 것이다.

기사는 병사들의 조련을 맡은 군부의 수장이 된다.

작위만 없을 뿐 제국의 공작, 후작, 백작과 같은 위치가 된다. 당연히 눈빛이 빛난다.

평민 마법사로 평생을 살았다. 늘 귀족들의 지시를 받아야 했는데 때로는 마음 상할 때도 있었다.

그러다 해적의 노예가 되어 온갖 치욕을 겪었다.

그런데 말년에 영화가 오려는 듯하다. 하여 긴장된 표정으로 연신 침을 삼킨다.

"지시하신 대로 이루어지도록 하겠습니다. 로드!"

"그래! 세심히 신경 쓰게. 나는 이만 가네. 텔레포트!"

샤르르르릉—!

현수가 사라지고 난 자리엔 아주 엷은 마나만이 감돈다.

"역시……!"

하리먼은 이실리프 마탑의 마법은 확실히 마나의 효율이 높다는 것은 깨닫고 고개를 끄덕였다. 감탄한 것이다.

"그만……! 멈춰라! 용무가 뭐냐?"

아드리안 공국 최남단에 위치한 콘트라는 항구도시답게 상당히 번화하면서도 왁자지껄하다.

현수가 서 있는 이곳은 변경백이자 콘트라를 다스리는 파이젤 백작의 영주성 입구이다.

텔레포트로 콘트라 외곽에 당도한 현수는 사람들에게 물어 이곳으로 향했다. 공국에서 띄운 상선의 항로를 가장 정확히 파악하고 있을 곳이기 때문이다.

약간 꼬질꼬질하지만 나름대로 멋을 부린 수문위사는 현수의 몰골을 보며 눈을 부라린다.

깜박 잊고 C급 용병 차림인 채로 온 때문이다. 그러거나 말거나 용무를 말했다.

"나는 파이젤 백작을 만나러 왔다."

"…뭐라고? C급 용병 주제에 미쳤어?"

수문위사는 당장에라도 요절을 낼 듯 버럭 화를 낸다.

항구도시이다 보니 이곳엔 많은 사람이 드나든다.

오랜 항해를 마치고 상륙한 자들은 내리자마자 술집부터 찾는다. 술이 있고 어여쁜 여인네 또한 있기 때문이다.

그곳에선 돈만 내면 원하는 것 모두를 이룰 수 있다.

그런데 바다엔 지긋지긋한 해적만 있는 게 아니다. 해적도 두려워하는 크라켄뿐만 아니라 머메이드도 있다.

상체는 인간, 하체는 물고기를 닮은 이것들은 수중요정으로도 불린다. 예쁘기는 여느 인간 못지않게 예쁘다. 하지만 이들에게 현혹되면 먹이가 될 수도 있다.

이 밖에 해양 몬스터 레비아탄[13]과 씨 서펀트[14]도 있다.

어느 것 하나 만만하지 않다. 아니, 인간으로선 감당하기 어려운 존재들이다.

이런 것들의 위협을 온전히 벗어난 곳이 바로 뭍이다.

하여 항구에 당도하면 제멋대로 군다. 오랜 긴장으로부터 해방된 마음이 든 때문일 것이다.

---

13) 레비아탄(Leviathan) : 구약성서에 등장하는 바다의 괴물. 리바이어던이라고도 한다. 딱딱한 비늘에 덮인 거대한 뱀의 모습으로 등에는 방패와 같은 돌기가 일렬로 늘어서 있으며 코에서는 연기, 입에서는 불을 뿜는다.

14) 씨 서펀트(Sea serpent) : 용처럼 생긴 큰 바다뱀.

그럼에도 별 탈 없다. 항구도시 특성상 외지인이 많기에 상당히 너그러운 편이기 때문이다.

하지만 귀족 무서운지 모르고 까불다 걸리면 뒈지게 얻어터지고 투옥될 수도 있다. 어느 정도까지는 용인하지만 선을 넘으면 엄하게 다스린다는 뜻이다.

문제는 그런 자가 많다는 것이다.

술에 취해 수문위사 등을 희롱할 경우 그에 대한 처벌은 당한 자가 맡는다.

임무가 끝난 수문위사로 하여금 본인에게 까불던 놈들에게 채찍을 휘두르거나, 몽둥이찜질을 하도록 했다.

스트레스라도 해소하라는 의도였다.

그런데 이런 놈들이 많은 날엔 쉬지도 못하는 경우가 종종 있다. 오늘도 그러하다.

조금 전에도 한 무리가 까불다 잡혀들어 갔다. 모두 일곱인데 단체로 술 처먹고 미친 짓 하다 체포당한 것이다.

술이 깰 때쯤 되면 자신들이 한 행동을 후회할 것이다.

어쨌거나 여기에 현수까지 추가되면 상당히 귀찮다. 하여 버럭 소리를 질러 자신의 잘못을 깨닫게 하려 했다.

한편, 현수는 수문위사의 태도를 보아하니 순순히 안에 전갈해 줄 의사가 없다 느꼈다.

그리고 지금은 여기서 지체할 시간이 없다.

"그럼 할 수 없군. 플라이!"

"아앗! 마, 마법사……? 적이 침입했다. 적이 침입했다."

땡땡땡땡! 땡땡땡땡! 땡땡땡땡! 땡땡땡땡!

현수가 하늘로 솟아오르자 얼른 초소 안쪽으로 뛰어 들어간 수문위사가 고함을 지르면서 경종을 두드린다.

"뭐야? 무슨 일이야?"

누군가 안에 있다 놀라서 튀어나온다. 다음 근무를 위해 대기하고 있던 자이다.

"적이 침입했다. 마법사야! 어서 안쪽에 알려!"

"뭐어? 적……? 게다가 마법사? 어디에?"

"저기! 저 하늘 위에 있잖아."

수문위사가 가리킨 곳엔 현수의 신형이 있다.

내성 어디로 가야 백작을 만날 수 있을지 가늠하느라 잠시 멈춰있다. 이때 바람이 불면서 의복이 펄럭인다.

당장에라도 쏟아져 가려는 듯한 모습이다.

"아, 알았네!"

대기하고 있던 병사가 얼른 안쪽으로 뛰어간다.

"적이다! 적이 침입했다. 적이다! 적이 침입했어."

땡땡땡땡! 땡땡땡땡! 땡땡땡땡! 땡땡땡땡!

병사의 고함 소리와 경종 소리에 놀란 사람들이 병장기를 움켜쥔 채 튀어나온다.

미판테 왕국 등 삼국의 공격이 언제 있을지 몰라 비상태세를 갖추고 있던 훈련의 결과이다.

"흐음! 저쪽이군."

두 개의 첨탑이 삐죽 솟은 사이의 건물을 눈여겨본 현수는 그쪽으로 날아갔다. 백작의 집무실인 듯싶었던 것이다.

그런 현수의 아래쪽은 난리법석이다.

황급히 아머를 걸친 기사와 병사들이 현수의 이동방향을 따라 뛰어가고 있었던 것이다.

이때 백작 집무실로 뛰어드는 인영이 있다.

"헉헉! 여, 영주님! 적이 침입했습니다. 헉헉!"

"뭐라? 적? 어떤 적이며 몇 명이나 되느냐?"

영주의 집무실은 내성에서도 가장 깊숙한 곳에 위치하고 있다. 하여 경종 소리가 희미하게 들릴 뿐이다.

그렇기에 의아하다는 표정이다.

"그게… 한 명이고, 마법사라 하옵니다. 이쪽으로 날아오고 있는데 아무래도 4서클 이상인 듯싶습니다."

"뭐어? 4서클 이상인 마법사?"

"네! 플라이 마법은 4서클에 해당됩니다."

보고를 받은 백작은 눈썹을 치켜 올린다.

4서클 마법사가 상당한 능력자인 것만은 분명하다. 전장의 지배자에는 못 미치지만 영향력을 끼칠 정도는 된다.

하지만 백주대낮에 모두가 볼 수 있는 지금과 같은 침입은 무모한 짓이다. 이곳에도 4서클 마법사가 있고, 많은 수의 기사와 병사들 또한 있기 때문이다.

"놈은 어디에 있는가?"

백작은 소드 익스퍼트 상급이다. 그렇기에 대화를 하며 아머를 갖춘다. 애병인 투핸드 소드까지 챙겼다.

덩치가 상당히 크다. 최소 190㎝는 넘는 듯하다.

마법사가 침입했다는 보고에도 불구하고 이처럼 침착한 것은 4서클 마법사 정도는 대적할 자신이 있기 때문이다.

영지 마법사와 수시로 대련을 한 결과이다.

"가지!"

"네! 영주님."

백작이 문을 열고 성큼성큼 이동하자 시종들은 종종걸음으로 뒤를 따른다.

벌컥—!

문을 열고 나가자 도열해 있던 기사들이 일제히 고개 숙인다.

"영주님을 뵙습니다."

"그래! 마법사가 침입했다고 한다. 하나가 아닐 수 있으니 내성은 물론이고 외성까지 철저히 수색하도록!"

"네! 명을 받습니다."

기사단장이 절도 있게 복명한다.

"헤인즈!"

"네, 영주님!"

대답한 이는 로브를 걸치고 있다.

이 영지의 수석마법사인 헤인즈는 4서클이다. 그의 곁에는 3서클 이하 마법사 여섯이 서 있다.

"자네와 수석기사는 날 따르고, 나머지 마법사와 기사들은 즉시 수색작업을 실시하도록!"

"네! 영주님."

수석기사의 손짓에 따라 기사들은 네 방향으로 산개한다. 그들의 뒤에는 병사들이 따르고 있다.

마법사들도 알아서 기사의 뒤를 따른다. 평상시 훈련이 아주 잘 되어 있는 듯하다.

"침입자는 어디에 있나?"

"도서실 쪽으로 갔습니다. 영주님!"

현수가 영주 집무실일 것이라 생각한 곳이 어이없게도 도서실이었던 것이다.

수석기사의 보고에 백작은 고개를 끄덕인다.

"그럼, 가지!"

백작의 뒤에는 헤인즈와 수석기사 란돌프가 따르고 있다.

셋의 힘만으로도 4서클 마법사 정도는 능히 찜 쪄 먹을 수 있기에 토 달지 않고 따르는 중이다.

같은 시각, 현수는 나직한 침음을 낸다.

"이런……!"

영주 집무실일 것이라 생각한 곳이 책만 잔뜩 꽂혀 있는 도서실이었으니 어찌 안 그렇겠는가!

"할 수 없지."

뚜벅, 뚜벅, 뚜벅!

현수는 높고 긴 서가 사이를 걸어 문으로 이동했다.

끼이이익—!

자주 드나들지는 않는지 녹슨 경첩에서 소리가 난다.

뚜벅, 뚜벅, 뚜벅……!

책만 있는 곳인지라 경비근무자가 없는 듯 고요하다.

복도 양쪽엔 백작의 역대 조상들의 초상화가 가지런히 걸려 있고, 그들이 쓰던 갑옷과 병기도 잘 전시되어 있다.

마치 박물관에 온 듯한 느낌인지라 천천히 구경하며 걸었다. 덕분에 복식 변화를 충분히 알 수 있었다.

적당히 헐렁한 튜닉이 점점 더 몸에 맞는 쪽으로 변화되는 중이다.

아직 지구의 중세유럽처럼 다리에 달라붙는 레깅스 같은 옷까지는 변화되지 않은 상태이다.

아래층으로 향하는 계단을 거의 다 내려갔을 때이다.

끼익—! 쿵—!

자박, 자박!

"엇! 누, 누구… 누구냐?"

현수를 발견하고 화들짝 놀란 것은 이제 겨우 열두 살쯤 되어 보이는 소년이다.

그의 손에는 훈련용 목검이 쥐어져 있다. 검술 연마를 위해 거처를 나서던 모양이다.

끼익—! 쿵—!

후다닥!

"도련님, 마저 다 드시고 나가서야… 헉! 누, 누구세요?"

황급히 소년의 뒤를 따라 나선 중년 여인 역시 계단을 내려서는 현수를 발견하고 놀라는 표정이다.

"……!"

현수는 대꾸 대신 소년을 바라보았다.

어느새 목검을 앞으로 내민 채 눈빛을 빛내고 있다. 무단을 침입한 자를 상대하겠다는 뜻이다.

"엠마! 가서 기사와 병사들을 불러와."

"네에? 도, 도련님!"

"이자는 무단 침입자야! 어서……!"

"아, 알았어요. 근데 어떻게 하려고……?"

자신이 가면 소년은 침입자와 일대일인 상황이 된다. 하여 잠시 머뭇거리자 소년이 소리친다.

"어서! 빨리! 엠마는 있어 봤자 도움이 안 되잖아."

"네……? 아, 네에. 아, 알았어요."

들고 있던 음식 그릇을 내려놓고는 후다닥 뛰어간다. 하지만 소년은 중년 여인에게 시선을 주지 않는다.

"누구냐? 정체를 밝혀라."

조금도 당황하지 않은 척하려는 모양이다. 그런데 다리가 떨리고 있다. 저도 모르게 겁을 먹은 모양이다.

"꼬맹아! 네 이름은 뭐지?"

"네 이놈! 나는 이곳 콘트라의 영주 파이젤 백작의 차남이다. 보아하니 용병 같은데 어찌 반말을 하느냐?"

"그럴 만해서……. 아무튼 네 이름은?"

"나, 난 피터다. 그러는 너의 이름은 무엇이냐?"

"난, 하인스! 그런데 네 아버지는 어디에 계시지?"

현수의 너무도 태연자약한 모습에 뭔가 느껴지는 바가 있는지 흠칫거린다.

"설마……! 암살자? 우리 아버지를……? 안 돼! 안 된다."

피터는 목검을 다시 내밀며 공격할 자세를 취한다. 내심 실소가 터져 나온다.

"설마, 그걸로 날 어쩌려는 건 아니겠지?"

"우리 아버지는 절대 안 된다! 나를 먼저 베야 지나갈 수 있을 것이다."

"후후! 정말?"

말을 하며 허리춤의 검을 뽑아 들었다. 잘 벼려진 바스타드 소드이다.

스으으으윽—!

시퍼런 날에서 느껴지는 예기 때문인지 주춤거린다.

자신의 목검보다 긴 바스타드 소드를 본 피터는 격한 긴장감을 느끼는지 마른침을 삼킨다.

"……! 꾸울격—!"

"내가 어른이니 선공은 양보하지. 공격해봐."

"…그, 그러면 내가 겁먹을 줄 알고? 이잇!"

피터는 자신이 겁먹었다는 걸 안다. 그리고 이런 모습을 보이는 게 싫다. 늘 형과 비교되는 삶을 살아서 더하다.

형은 늘 피터보다 앞서 나갔다. 그래서 늘 풀죽은 모습만 보였다. 백작은 그런 피터를 못마땅하게 여겼다.

하지만 피터는 아버지를 원망하지 않았다. 아직 어리지만 본인이 부족하여 그런다는 것을 알기 때문이다.

어쨌거나 도서실에서 내려온 사내는 아버지를 암살하러 온 어쌔신인 듯싶다. 그냥 그런 느낌이 든 것이다.

낳아주고, 길러준 아버지를 베러온 사내를 그냥 보낼 수는 없다. 일분일초라도 저지해야 기사와 병사, 그리고 마법사들이 준비할 것이다.

아버지를 구할 수만 있다면 자신은 죽어도 좋다. 하여 굳은
눈빛으로 현수를 노려본다.

상대는 어서 공격하라는 듯 검을 까닥이고 있다. 그간 배운
바에 의하면 허점투성이이다.

"……!"

하지만 피터는 쉽게 목검을 들이대지 못한다. 완전한 맹탕
이거나 진짜 강자 중 하나일 것이라는 걸 알기 때문이다.

전자라면 다행이지만 눈앞의 사내는 어쌔신이다. 당연히
후자에 속할 것이므로 자칫 목숨을 잃을 수도 있다.

어쌔신은 목적을 이루기 위해 수단과 방법을 가리지 않는
존재이니 어리다고 봐주지 않기 때문이다.

"어서 덤비지 않고 뭐해? 사내가 검을 뽑았으면 썩은 호박
이라도 찔러 봐야 하는 거 아닌가?"

"그, 그건 그렇지만… 야아압!"

휘이익─! 서걱─!

"헉……!"

바스타드 소드에 의해 마치 종잇상 길다시듯 목검의 가운
데가 잘려 나가자 피터는 대경실색하며 물러선다.

하지만 그 시간은 짧았다. 피터는 아랫입술을 지그시 깨물
고는 다시 짓쳐 든다.

"야아압! 죽엇—!"

휘익! 서걱—! 툭—!

"헉! 이, 이런……."

이번에도 목검이 맥없이 잘려 나갔다. 이제 손잡이만 남았을 뿐이다.

피터는 자신이 대적할 상대가 아니라는 것을 느끼곤 주춤거리며 물러선다. 이러다 죽을 것이라 생각한 것이다.

"목검이라 불리했나? 그럼 이걸 받아라. 아공간 오픈!"

"마, 마법사……?"

피터가 대경실색할 때 현수는 레이피어 한 자루를 꺼내서 건넸다. 아직 어리기에 비교적 가벼운 검을 고른 것이다.

"자아, 이제 공평해졌지? 그럼, 다시 공격해 봐라."

얼떨결에 레이피어를 받았지만 피터는 공격할 의사가 없다. 감당할 수 없음을 인지한 때문이다.

"…차라리 날 죽이세요. 난 당신의 상대가 못됩니다."

"정말……? 정말 죽여도 돼?"

모든 처분을 순순히 맡긴다는 듯 피터는 몸에서 힘을 뺐다. 들고 있던 레이피어도 밑으로 내린다.

"네! 대신 우리 아버지와 형은 죽이지 마십시오."

"……!"

"약속하시면 순순히 죽어드릴게요."

두어 발짝 다가선 피터는 현수의 바스타드 소드를 잡고는 자신의 심장 부위에 대준다. 찌르기만 하면 목숨을 잃을 수 있는 상황이다.

"진심이냐?"

"네! 대신 약속 꼭 지켜주십시오. 이건 사내 대 사내의 약속입니다. 아직 어리지만 저도 사내거든요."

피터는 눈빛을 빛내며 시선을 마주친다. 제발 아버지와 형을 죽이지 말라는 간절한 뜻이 담긴 눈빛이다.

"그럼, 이제 네 목숨은 내 것이다."

"네! 찌르십시오. 저항하지 않겠습니다."

피터는 아무런 욕심도 없다는 듯 눈까지 감는다.

이때 일단의 무리가 황급히 달려온다. 그중 선두에 선 자가 버럭 소리를 질렀다.

"피터! 안 된다! 피해!"

"…아, 아버지! 안 돼요. 어서 피하세요."

피터는 암살자가 어떤 실력을 가졌는지 모르는 아버지가 다가오자 당황하는 표정이다. 소드 익스퍼트 상급인 부친과는 여러 번 검을 섞었다.

그 과정에서 많은 목검이 망가졌다. 하지만 방금 전처럼 말끔하게 베어진 적은 없다.

암살자는 최하 소드 익스퍼트 최상급일 것이다.

게다가 아공간 마법까지 구사한다. 이건 4서클에 이른 영지 마법사의 실력으로도 구사할 수 없는 고위마법이다.

말로만 듣던 마검사인데 너무 강하다.

그걸 모르는 아버지가 달랑 기사단장 란돌프와 수석 마법사 헤인즈만 달고 왔다.

인원은 많지만 이쪽이 필패이다. 아직 어리지만 이 정도는 판별한다. 그렇기에 얼른 돌아가라는 손짓을 했다.

하지만 백작은 이를 무시하고 달려온다.

"피터! 어서 피하라니까."

백작이 고함을 질렀지만 피터는 도망가지 않는다. 대신 현수에게 시선을 준다.

"…우리 약속… 지켜줄 거죠? 그럼……!"

피터는 자신이 죽으면 아버지가 무사할 것이라 생각하는지 앞으로 달려들었다.

현수가 가만히 있으면 심장이 찔려죽을 판이다.

"안 돼!"

백작이 고함을 지르며 다가섰지만 피터의 움직임을 막을 수는 없었다.

같은 시각, 현수는 피터의 몸이 앞으로 쏠리자 검을 쥐고 있던 손에서 힘을 빼버렸다. 이제 겨우 열두 살 먹은 꼬맹이를 죽이려는 마음은 애초부터 없었던 때문이다.

그러면서 슬쩍 검을 움직여 겨드랑이 사이로 빠지게 했다.

"홀드 퍼슨!"

"……! 으윽, 치사하게."

피터는 갑작스레 몸을 움직일 수 없게 되자 원망 어린 표정으로 현수를 바라본다. 검술을 연마하고 있지만 마법에도 관심이 많아 홀드 퍼슨 정도는 알기 때문이다.

같은 시각, 백작은 검이 둘째 아들의 몸을 꿰뚫은 것으로 생각했다. 피터가 망토를 두르고 있었던 때문이다.

또한 아들의 움직임이 멈췄던 때문이기도 하다.

"이, 이런! 네 이놈! 죽엇!"

스르릉—! 쉐에엑—!

아들이 죽었다 생각하여 이성을 잃은 백작의 검이 현수에게 쇄도하였다. 하지만 검은 현수에게 해를 끼치지 못했다.

채에엥—!

전능의 팔찌가 생성시킨 앱솔루트 배리어가 백작의 검을 막아버린 때문이다.

묵직한 반동에 화들짝 놀란 백작이 눈을 크게 뜬다. 눈에 보이지 않는 투명한 막이 검을 막은 때문이다.

"이, 이건……!"

"아버지, 오지 마세요. 이 사람 마법사예요."

"피, 피터!"

검에 꿰뚫려 죽은 줄로만 알았던 아들의 말에 백작은 화들짝 놀라며 물러선다.

"아버지! 어서 피해요. 이 사람 마검사란 말이에요."

피터는 필사적으로 소리쳤다. 하지만 백작을 물러서게 하기엔 아직은 조금 부족한 듯하다.

"너, 너는 누, 누구냐?"

백작은 저도 모르게 말을 더듬고 있다.

소드 익스퍼트 상급자의 검을 이처럼 쉽게 무력화시킬 수 있는 쉴드는 4서클 마법사라면 생성시킬 수 없기 때문이다.

"파이젤 백작이신가?"

"네 이놈! 평민 주제에 어디서 감히 하늘같은 백작님께 말을 함부로 하느냐?"

버럭 소리를 지른 이는 영지의 기사단장 란돌프이다.

뽑아 든 검을 보아하니 간신히 소드 익스퍼트 최상급에 발을 걸치고 있는 듯하다.

"누, 누구십니까?"

현수가 뭐라 대꾸하기도 전에 재차 물은 이는 영지 마법사 헤인즈이다. 겉보기엔 평범한 C급 용병이지만 소영주의 동생인 피터는 분명 마검사라 했다.

하여 조심스런 어투이다.

이는 피터가 한 말 때문이기도 하다. 피터는 눈앞의 젊은이가 마검사라 하였다. 검도 다루지만 마법도 쓴다는 뜻이다.

그런데 몇 서클인지 가늠할 수가 없다. 본인보다 아래라면 어렵지 않게 알아차릴 수 있어야 한다.

그런데 집중을 해도 알 수 없다. 피터의 말이 사실이라면 자신보다 고서클 마법사라는 뜻이다. 그런데 매우 젊다.

5서클 이상의 마법사는 이십대 중반일 수가 없다. 그렇다면 바디체인지를 겪었다는 것을 의미한다.

최하가 7서클 이상이니 마탑주와 버금간다. 그렇기에 말을 놓지 않고 높인 것이다.

현수는 헤인즈를 잠시 바라보았다. 진실을 알려달라는 눈빛이다. 파이젤 백작 역시 그러하다.

피터 역시 눈빛을 빛내고 있다. 보아하니 느닷없이 나타난 불청객은 아버지를 죽일 생각이 없는 듯하다.

그러면 대체 왜 이러느냐는 눈빛인 것이다.

"누구십니까? 말씀해 주십시오."

헤인즈가 재차 묻는다. 이에 현수는 빙긋 웃음 지었다. 마법사들은 똑똑하다. 그렇기에 오만한 성품을 가진 이가 많다. 그런데 그러지 않고 스스로를 낮추니 기분 좋았던 것이다.

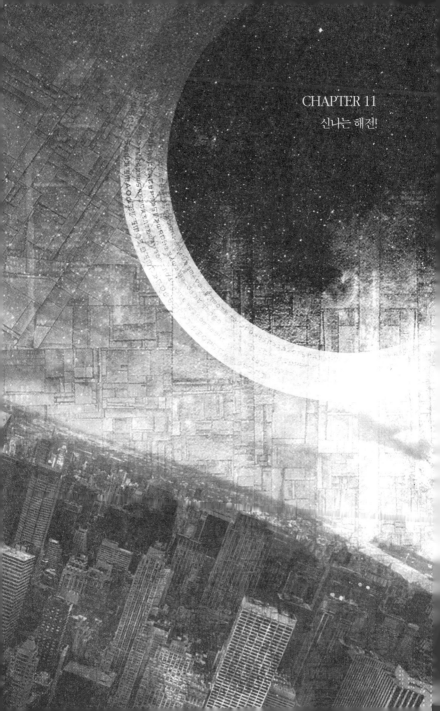

CHAPTER 11
신나는 해전!

"나는 헥사곤의 주인이다."

"네에……? 바, 방금 혜, 헥사곤의 주인이라 말씀하셨습니까? 정말이십니까?"

헤인즈의 눈은 더 이상 커질 수 없을 만큼 팽창되었다.

백작과 기사단장, 그리고 피터는 헥사곤이 무엇을 의미하는지 아직 눈치채지 못한 듯 대체 왜 이렇게 놀라느냐는 표정으로 헤인즈를 바라본다.

이때 헤인즈가 엎어지며 소리친다.

"아아! 위대하신 로드를 뵙사옵니다. 소인, 헤인즈 오늘의 만남을 일생의 광영으로 여기겠사옵니다. 로드!"

"로드? 무슨……! 헉! 그, 그럼……!"

공국의 위기를 단숨에 해소시켜 준 이실리프 마탑주가 검은 머리 청년의 모습을 하고 있다는 것은 누구나 아는 사실이다.

백작은 수도로부터 전해 들은 이 이야기와 눈앞의 인물이 정확히 일치함을 깨닫는 순간 무릎부터 꿇었다.

털썩—! 털썩—!

아드리안 공국에서 이실리프 마탑주의 위상은 공왕과 동격이다. 공왕조차 반례를 해야 할 지고한 신분인 것이다.

그렇기에 파이젤 백작은 더 생각할 것도 없다는 듯 무릎을 꿇은 것이다. 란돌프는 말할 것도 없다.

"소, 소인 파이젤이 위, 위대하신 이, 이실리프 마탑의 마탑주님을 알현하옵니다."

"아아! 미천한 라, 란돌프가 검의 하늘이신 위대한 그랜드 마스터님을 뵙사옵니다."

아버지와 기사단장까지 무릎을 꿇자 피터 역시 대경실색하는 표정을 지으며 묻는다.

"저, 정말이세요? 정말 이실리프 마탑주님이세요?"

"그래! 매직 캔슬!"

홀드 퍼슨 마법을 거두자 피터 역시 백작의 곁에 무릎을 꿇는다.

"피, 피터가 감히 마탑주님께 무례를 저질렀습니다."

"괜찮다. 그나저나 일어서시오."

"네! 마탑주님."

넷은 더 이상 공손할 수 없는 표정과 자세로 일어났다. 감히 시선을 마주칠 수 없다는 듯 고개를 숙이고 있다.

이는 대륙의 정확한 예법이다.

매지션 로드! 이제 현수에 의해 명칭마저 바뀐 위저드 로드는 위대한 존재인 드래곤과 동급이다.

세상의 모든 마법사와 마탑주는 물론이고 모든 왕과 황제마저 당연히 공손히 예를 갖춰야 하는 존재인 것이다.

"백작! 물을 게 있어 왔네."

"무엇이든 말씀만 하십시오. 마탑주님!"

이실리프 마탑이 등장하지 않았다면 이곳은 엘라이 왕국군의 공격을 받아 가장 먼저 초토화되었을 곳이다.

그들이 상륙하기 위한 루트이기 때문이다.

현수는 파이젤 백작에게 물어 상선의 위치부터 파악했다. 그리곤 기두 걸미하고 텔레포트했다.

지금은 이게 가장 중요한 일이기 때문이다.

*   *   *

"흐음! 여기쯤이라고 했는데? 더 갔나?"

바다 위 허공으로 텔레포트한 현수는 사방을 둘러보았다.

아드리안 공국의 상선의 항로와 이동속도로 미루어 짐작 컨대 이쯤에 당도했을 것이란 말을 들었다. 물론 콘트라의 영주 파이젤 백작으로부터 들은 이야기이다.

현수가 이실리프 마탑의 제2대 마탑주라는 것을 알고 난 이후 백작 이하 모든 기사와 마법사들은 그야말로 극상의 공경을 표했다.

하긴 자신들이 충성을 맹세한 공왕조차 반례를 취해야 할 존재이니 어찌 안 그렇겠는가!

그렇기에 무엇이든 묻는 말에 하나도 숨김없이 대답했다.

아드리안 공국을 떠난 상선에는 알려진 바와 달리 금괴는 실려 있지 않다. 대신 그와 비슷한 가치를 지닌 미스릴로 채워졌다. 이것은 부족한 곡물과 생필품과 바뀌질 것이다.

아르센 대륙에서 미스릴은 전략상품이나 다름없다.

병장기의 경도를 높여주는 것은 물론이고, 그것에 마법을 인챈트했을 때 효율이 높아지기 때문이다.

상선에는 로레알 파드린느 폰 아젤란 공작이 승선해 있다고 한다. 아드리안 공국의 두 세력 중 하나를 대표하는 존재인데 문(文)을 상징하는 인물이다.

아드리안 공국 건국 초기엔 바다 건너 제라스 왕국, 라이카 왕국 등과의 교류가 있었다.

새로 건국된 만큼 활발한 대외활동을 하여 아드리안이라는 이름을 널리 알리기 위함이다.

하지만 그 기간은 그리 길지 못했다.

두 왕국 모두 아드리안 공국에 대해 별다른 호감을 표하지 않은 때문이다. 산물이 빈약하기에 교역할 품목이 다양하지 못한 것이 가장 큰 이유였다.

공국 입장에서도 안전하지 않은 바닷길을 오가며 교류를 나눌 정도로 필수불가결한 물목이 없었다.

다시 말해 서로 무역할 품목이 적었던 것이다.

하여 교류가 끊겼었는데 그걸 다시 잇고자 최고위 귀족인 파드린느 공작까지 파견한 것이다.

공작에겐 아직 시집가지 않은 딸과 손녀가 있다.

이실리프 마탑주를 위한 헥사곤 오브 이실리프에 있는 17세 된 손녀 아그네스의 언니와 이모이다.

이번 방문에서 딸은 제라스 국왕과 인연을 맺게 하고, 손녀는 라이기 왕국 왕세자와 맺어주려 한다.

공왕의 딸들이 아직 어리기에 취한 조치이다.

로레알 공작이 국왕파이며 문(文)을 대표한다면 필립스 아인테스 반 크리엘 공작은 귀족파이며 무(武)를 대표한다.

전 같으면 귀족파의 수장인 필립스 공작만 두고 이처럼 먼

길에 동참하지 않았을 것이다. 자칫하면 자리를 비운 새에 공왕이 폐위되는 불상사가 벌어질 수도 있기 때문이다.

하지만 지금은 아니다.

이실리프 마탑주가 공국을 방문한 이후 국왕파와 귀족파라는 개념 자체가 사라졌다. 그리곤 공왕을 중심으로 단단히 뭉쳐 풍요로운 아드리안 만들기에 돌입해 있다.

하긴 소드 마스터인 필립스 공작이 어찌 그랜드 마스터인 이실리프 마탑주의 뜻에 반하는 일을 하겠는가!

어쨌거나 상선에는 로레알 공작과 딸, 그리고 손녀만 승선해 있는 것이 아니다.

레더포드 아물리 폰 피리안 백작도 승선해 있다. 수행원 자격이다. 현수와 수도까지 동행했던 카트린드의 부친이다.

이들을 위한 시녀만 30여 명이라 한다.

"흐음, 빨리 찾아야 하는데."

손을 눈썹 위에 대고 먼 바다를 살폈지만 망망대해만 보일 뿐이다.

"할 수 없지. 아공간 오픈!"

현수는 아공간에 담긴 카약을 꺼냈다. 백두마트 수상 레포츠 코너에 전시되어 있던 것이다.

이걸 꺼낸 이유는 플라이 마법으로 이동하는 것보다 훨씬 빠를 것 같아서이다.

바다 위에 띄워놓고 노를 젓기 시작하자 상당히 빠른 속도로 이동한다. 그랜드 마스터의 근력이 작용하는 중이다. 하여 모터보트에 버금갈 속력으로 쏘아져 갔다.

눈대중으로 방향을 가늠하고는 힘껏 노를 젓기 시작했다. 그렇게 30분가량 노를 저어 이동한 거리는 약 40㎞이다.

시속 80㎞로 이동한 셈이다.

"저긴가?"

대략 3㎞ 전방에서 해전이 벌어지고 있다. 서로 상대에게 쇠뇌와 활을 쏘고 있는 상황이다.

"으얏차!"

현수가 노 젓는 팔에 힘을 조금 더 주니 그야말로 화살처럼 빠르게 튀어 나간다. 그러자 불과 몇 분 만에 아드리안 공국의 상선 뒤쪽에 당도한다.

"플라이!"

카약을 아공간에 넣고는 날아서 상선의 가장 꼭대기인 마스트[15) 위로 올라갔다.

해골과 뼈다귀 그림이 그려진 깃발을 단 해적선은 95척이나 된다. 이에 대적하고 있는 아드리안 공국의 상선은 21척으로 크기는 훨씬 더 크지만 승선해 있는 인원은 적다.

"쏴라! 어서 쏴! 한 놈도 남겨두지 마라."

---

15) 마스트(Mast) : 선체의 중심선상의 갑판에 수직으로 세운 기둥. 돛을 다는 데 필요한 기둥이라 돛대라고도 한다.

귀에 익은 음성이라 시선을 내려다보니 피리안 영지의 레더포드 아물린 반 피리안 백작이 칼을 휘둘러 쏟아져 오는 쇠뇌들을 떨구며 기사와 병사들을 독려하고 있다.

피리안 영지를 방문했을 때 밤새워 검을 섞었던 사이이다.

그때는 소드 마스터 초입이었는데 지금 보니 유저는 되어 보인다. 현수와의 대련을 통해 깨달음이 있었던 결과이다.

"그때 강낭콩과 완두콩을 줬는데 잘 재배하고 있나?"

단백질 부족으로 인한 콰시오커로부터 해방되라는 의미로 준 것들이다.

이때 누군가의 음성이 들린다.

"공작님! 위험합니다. 어서 선실로 들어가십시오."

"나더러 한낱 해적들의 공격을 피하라고?"

꼬장꼬장하게 생긴 노인이 고개를 좌우로 젓는다.

그의 좌우에는 스무 살쯤 된 두 아가씨들이 있다. 기사 중 하나가 그녀들에게 시선을 주며 입을 연다.

"영애님, 그리고 영손 아가씨! 두 분도 어서 들어가십시오. 여긴 몹시 위험합니다."

"싫어! 구경할 거야. 해적들은 아무것도 아니라며……. 안 들어가고 여기서 구경할 거야."

"안 됩니다. 해적들이 쇠뇌로 쏘는 볼트가 우리 예상보다 훨씬 강력합니다. 피하지 않으시면 자칫 위험할……."

"내가 싫다고 했잔……."

공작의 좌측에 있던 아가씨가 손을 들어 싫다는 뜻을 밝히려 할 때 누군가 소리친다.

"아앗! 피하십……."

이와 동시에 허공을 찢는 파공음이 들린다.

쐐에에엑—!

찌익—! 퍽! 부르르르—!

기사가 말을 채 끝내기도 전에 쇠뇌에서 쏘아진 볼트 하나가 아가씨의 소매를 찢어내더니 귀로부터 불과 10㎝ 정도 떨어진 기둥에 박힌다.

"아앗!"

소매가 찢겨 나간 아가씨의 얼굴이 금방 창백해진다.

조금만 더 안쪽으로 겨냥되었다면 자신의 얼굴에 박혔을 것이란 생각을 한 때문이다.

"영애님! 위험합니다. 어서 선실로 들어가십……."

이번에도 호위기사의 말은 끝나지 못했다.

"그, 그릴게!"

"영손 아가씨도 같이 들어가세요."

"아, 알았어."

두 아가씨가 서둘러 선실로 들어가자 기사들은 공작의 좌우에 섰다. 그리곤 날아오는 볼트들을 떨구기 시작했다.

틱! 탁! 탁! 타탁!

"안되겠습니다. 공작님도 선실로 들어가 주십시오."

"분명, 싫다고 했다. 고작 해적들의 공격을 피해 안으로 들어가란 말이냐?'

공작은 말도 안 된다는 표정을 짓는다. 빗발치는 볼트 때문에 많은 선원이 쓰러져 있다. 그리고 어느새 다가와 쇠갈고리를 건 해적들이 밧줄을 타고 휙휙 날아드는 판이다.

지금 오로지 자신을 호위하기 위해 기사 넷이 온 힘을 기울이고 있는 중이다. 이들이 전투에 가담하면 조금이라도 유리해질 상황이건만 자리를 피해줄 생각이 전혀 없는 듯하다.

카이젤 수염을 어루만지며 전황을 지켜만 볼 뿐이다.

"크하하하! 로켄의 용맹한 부하들아. 허접한 쓰레기들을 모조리 죽여라! 크하하하!"

"와아아! 모두 죽이라신다."

"단 계집들은 예외이다. 알지?'

"크흐흐! 물론입니다. 두목!'

해적들은 입가에 괴소를 배어 문 채 속속 상선으로 옮겨 타는 중이다. 이번 해전에서 승리하면 막대한 양의 금괴와 미스릴괴를 약탈할 수 있다.

뿐만 아니라 아드리안 공국의 공작과 백작을 생포하면 만만치 않은 몸값을 지불받을 수 있다.

덤으로 많은 계집을 잡을 수 있다. 공작의 딸과 손녀, 그리고 백작과 자작, 남작의 딸들도 있다.

뿐만 아니라 이들을 시중들기 위해 승선해 있는 시녀들까지 합치면 최하가 50명이다. 전투가 끝난 후 본인과 부하들의 노고를 치하해 줄 상품이다.

현재 상선에 승선해 있는 인원은 선저에서 노 젓는 노예들을 빼면 약 400여 명이다. 여자들을 빼고 나면 350명이다.

이 중 전투능력이 없는 일부 귀족들을 빼고 나면 340명만이 싸우고 있다. 그런데 해적은 약 5,000명이다.

약 15 : 1인 전투이다.

소드 마스터인 레더포드 백작과 소드 익스퍼트 중급인 기사 40여 명이 있어 간신히 호각지세를 이루고 있다.

원래는 레더포드 백작 혼자서 일당백을 하고도 남아야 한다. 그런데 현재의 전투는 해전이다.

심하게 요동치는 배 위에서의 싸움이기에 전투력이 평소의 1/3 정도로 줄어든 상태이다.

"아아이압!"

티팅, 티티팅! 티팅! 툭툭……!

집중된 쇠뇌공격을 받고 있는 레더포드 백작이 분전하고 있다. 그의 주변엔 300여 개가 넘는 볼트가 떨궈져 있다.

"저놈 먼저 죽여라! 저놈이다!"

로켄이 뽑아 든 검으로 레더포드 백작을 가리키자 쏟아져 가는 볼트의 수가 확연히 늘어난다.

전장의 지배자인 소드 마스터라 할지라도 체력이라는 것이 있다. 그런데 쇠뇌를 쏘는 해적들은 별 힘이 들지 않는다.

시위를 당겨 볼트를 올려놓고, 겨냥한 뒤 쏘는 정도는 하루 종일 지속할 수 있다. 하지만 백작은 아니다.

가일층 집중된 공격을 차단하느라 진땀이 나는 중이다. 전후좌우 중 후방만 뺀 나머지에서도 쏟아져 오기 때문이다.

쐐에엑ㅡ! 휘익! 쎄엑! 휘이익!

수많은 볼트가 레더포드 백작에게 집중되자 여유는 사라지고 무엇을 먼저 쳐내야 할지 혼란이 오는 듯 주춤거린다.

같은 시각 기사들 역시 쏟아져오는 볼트를 막아내느라 여념이 없다.

항해가 계속되는 동안 날씨가 너무 좋았다.

로레알 공작은 답답한 선실보다는 갑판에 머물기를 좋아했다. 하여 기사들 모두 갑판에 서 있어야 했다.

그런데 메탈 아머는 햇볕은 받으면 뜨겁게 달궈진다. 하여 모두가 레더 아머로 바꿔 입고 있던 상황이다.

오늘도 마찬가지이다. 그런데 느닷없이 해적선들이 나타나더니 삽시간에 상선의 진로를 막아섰다.

그리곤 빗발치듯 볼트가 쇄도하기 시작했다.

처음엔 여유를 갖고 이것들을 떨궜다. 하지만 쉬운 일은 아니다. 거리가 줄어들면서 속도가 빨라졌기 때문이다.

게다가 사방팔방에서 날아온다. 온 신경을 집중하여 볼트를 막아내곤 있지만 벌써 여럿이 당했다.

대부분은 막아냈지만 다 막을 수는 없었던 때문이다.

하여 열심히 검을 휘두르고 있는 기사들은 각기 하나나 둘씩 볼트가 박혀 있다. 목숨에는 지장이 없을 왼쪽 팔뚝이나 허벅지지만 개수가 늘어나면 전투력에 지장을 줄 것이다.

다른 상선들을 보니 몇몇을 제외한 나머지 전부가 해적들에게 제압당해 손을 머리에 얹은 채 무릎을 꿇고 있다.

'일단 위기는 벗어나야겠지.'

눈빛을 빛낸 현수는 열심히 볼트를 쏘아대는 해적들을 눈여겨보았다. 최대한의 효과를 내기 위해 몰려 있는 상황이다.

"체인 라이트닝! 체인 라이트닝! 체인 라이트닝……!"

순식간에 십여 번의 마법이 구현되자 사방이 환한 빛으로 번쩍인다.

번쩍! 번쩍! 번쩍! 번쩍! 번쩍! 번쩍! 번쩍! 번쩍!

콰르릉! 콰르르릉! 콰르르릉! 꽈꽈꽈꽝……!

해적들의 입에서 터져 나온 비명은 작렬하는 벼락 소리에 묻혀 버렸다. 그리곤 전장은 일순 침묵 속을 빠져들었다.

"……!"

모두의 시선은 느닷없는 번개를 누가 일으켰는지 찾느라 분주하다. 해적에겐 마법사가 없다.

아드리안 공국의 상선에도 마법사는 동승하지 않았다.

언제 올지 모를 마탑주를 기다려야 했기에 아무도 따라오지 않은 것이다.

요즘 아드리안 공국의 마법사들은 귀족들이 요구해도 제대로 응하지 않는 경우가 많다.

이실리프 마탑주가 등장한 이후 벌어진 일이다.

귀족들은 불만이 있으나 감히 입 밖으로 내뱉지 못한다.

전쟁에 패하면 작위는 물론이고 전 재산을 잃게 된다. 뿐만 아니라 노예로 전락하는 경우도 있다. 그런데 마탑주의 등장과 더불어 전쟁의 위험성이 제로에 수렴된 때문이다.

현재 아드리안 공국의 마법사 대부분 수도인 멀린에 머무르고 있다. 언제 나타날지 모를 현수를 만나기 위함이다.

귀족들이 영지에 급한 일이 있다 해도 차일피일 미루며 가지 않는다. 영지의 일보다는 위저드 로드와의 만남이 훨씬 더 중요하다 여기기 때문이다.

그렇기에 이번 상행에는 단 한 명의 마법사도 동행하지 않았다. 그런데 느닷없는 번개로 해적 오십여 명이 기절한 채 바르르 떨고 있다.

하여 대체 누가 마법을 난사했는지를 찾으려는 것이다.

같은 순간, 현수의 신형은 다른 상선으로 옮겨 가고 있었다. 해적이 선원들을 죽이려는 모습을 본 때문이다.

"체인 라이트닝! 체인 라이트닝!"

번쩍, 번쩍!

콰르릉! 콰르르릉!

"아악! 케엑! 끄윽! 커억!"

생김생김과 덩치가 다른 것만큼이나 다양한 비명이 터져 나오며 쓰러진다. 해적들은 모두 금속 성분이 있는 병장기를 들고 있다. 반면 엎드린 채 목숨을 구걸하던 선원들의 손에는 아무것도 없다.

그렇기에 번개는 해적들만 노려 작렬하였다.

"누, 누구십니까?"

당하지 않은 해적들이 겁에 질린 표정으로 두리번거린다. 그 순간 현수의 신형은 또 다른 상선으로 향하고 있다.

칼을 휘둘러 선원을 죽이려는 녀석이 있었기 때문이다.

"라이트닝!"

번쩍!

"케에엑!"

단숨에 반항하던 선원의 목을 베고야 말겠다고 힘껏 치켜들었던 시미터(Scmiter)를 통해 들어간 전류는 해적의 모든 근육을 단숨에 수축시켰다.

와당당탕—!

벼락 맞은 놈이 쓰러지면서 곁에 있던 커다란 통을 자빠뜨리자 큰 소리와 함께 물이 쏟아져 나온다.

쓰러진 놈의 몸에선 뿌연 연기와 함께 고기타는 냄새가 난다. 번개가 너무 강력하여 죽어버린 것이다.

"……!"

이번에도 모두가 눈을 크게 뜬다.

해적들의 모든 움직임은 멈췄으며 두려움에 고개조차 제대로 돌리지 못하면서 눈알만 굴린다.

어디에 마법사가 있는지 알아야 하기 때문이다.

"모두 무기를 내려놓고 무릎을 꿇어라! 아니면……."

"……!"

챙그랑! 텅! 와당탕! 챙그랑!

말을 마치기도 전에 여기저기서 무기 떨어뜨리는 소리가 들린다. 벼락 맞아 죽고 싶은 생각은 없기 때문이다.

"선원들은 모든 해적을 제압하도록!"

"네!"

명이 떨어지자 무릎 꿇고 있던 상선 선원들이 달려들어 해적들을 포박한다. 누군지 모르지만 자신들을 도우러 왔으니 찍소리 않은 것이다.

해적들은 반항하지 않고 순순히 응한다. 벼락을 맞을 수 있음을 알기 때문이다.

잠시 상황을 눈여겨본 현수는 다른 상선으로 날아갔다. 이번엔 파이어 마법으로 한 녀석을 지져주었다.

시녀의 의복을 찢고 욕심을 채우려던 녀석이다.

의복에 불이 붙자 뜨겁다며 펄펄 뛰더니 바다로 뛰어내렸다. 해적들 모두 겁먹은 표정이 되어 현수를 바라본다.

허공에 둥둥 떠 있으니 자연스레 우러러보는 형국이다.

"무기를 버리는 자만이 자비를 구할 수 있을 것이다."

터텅! 챙그랑! 챙그랑! 텅! 와당탕! 챙그랑!

이번에도 순순히 무기를 내려놓는다.

선원들에게 같은 명령을 내리곤 해적선 가운데 가장 큰 것으로 접근했다. 물론 플라이 마법으로 이동했다.

"온다! 지금이야. 전원 사격!"

휘휙! 쉐에엑! 씨익! 슈악! 피이잉!

현수가 다가가자 누군가 명을 내렸고, 기다렸다는 듯 수십 발의 볼트가 쏘아져 온다. 현수는 허공에 멈춘 채 상대를 살폈다. 그러는 동안에도 볼트들이 쏘아져 온다.

"배리어!"

팅! 티팅! 티티티팅! 티팅! 티티티티팅!

10서클 마스터가 구현시킨 배리어를 뚫은 볼트는 단 하나도 없다. 끝이 뭉개진 채 바다로 떨어질 뿐이다.

이를 바라본 해적들의 낯빛이 창백해진다. 감당 불가능한 마법사를 건드렸음을 직감한 때문이다.

"체인 라이트닝! 체인 라이트닝! 체인 라이트닝!"

번쩍! 번쩍! 번쩍!

콰쾅! 콰콰콰쾅! 쿠와앙!

와장창! 우당탕탕! 챙그랑! 와당탕!

"……!"

쇠뇌를 들고 있던 삼십 명의 해적 모두 이리저리 쓰러지며 요란한 소리를 낸다.

"네놈이 두목이냐?"

"그, 그러하오. 대, 대체 뉘시오?"

아드리안 공국에서 파견한 상선엔 마법사 없다고 했다.

마법사가 있으면 교전 시 어려움을 겪게 되기에 출동하기 전에 몇 번이고 확인한 정보이다.

그런데 허공에 멈춘 채 마법을 구현시키는 자가 나타났다. 플라이는 4서클 마법이다. 그런데 더블 캐스팅을 한다.

최하가 6서클이라는 뜻이다. 그렇기에 겁먹은 표정이다.

5,000여 해적을 이끌고 있지만 마법사를 감당할 능력은 없기 때문이다.

"모두 들어라!"

갑자기 현수의 음성이 커지자 모든 배의 선원과 해적들의 시선이 쏠린다.

"나는 이실리프 마탑의 제2대 마탑주이다."

"헉……!"

가까이 있던 해적들의 입에서 일제히 경악성이 터져 나온다. 평범한 마법사가 아니라 위저드 로드라 한다.

모든 해적이 다 덤벼도 감당할 수 없는 존재이다.

그렇기에 간이 쪼그라드는 느낌을 받고 있다. 이제 죽었구나 하는 생각이 든 것이다.

"나는……."

그러거나 말거나 말을 이으려던 현수의 눈이 커진다. 바다 저쪽으로부터 뭔가가 다가오고 있었기 때문이다.

'뭐지? 엄청 큰데. 해양 몬스터인가? 뭐더라?'

현수의 이런 생각은 길게 이어지지 못했다. 해적선 마스트 위에 있던 견시수의 입에서 당혹성이 터져 나온 때문이다.

"아앗! 크, 크라켄이다. 크라켄이 다가온다!"

"뭐, 뭐어? 크, 크, 크라켄……?"

해적은 물론이고 상선의 선원들까지 낯빛이 창백해진다.

땡, 땡, 땡, 땡, 땡!

"모, 모두 선실로 들어가라! 모두 선실로!"

누군가 요란하게 종을 치며 소리 지르자 우르르 선실 안으로 들어간다.

"아앗! 아아앗! 사, 사람 살려! 사람 살려!"

누군가의 비명에 시선을 돌려보니 커다란 촉수가 배위로 올라와 해적 하나를 휘감고 있다. 빠져나오려고 발버둥치지만 강력한 힘을 이겨낼 수 없는지 비명만 지를 뿐이다.

시선을 모아보니 커다란 오징어 같은 생물체이다.

북유럽의 신화에 등장하는 크라켄은 전체 길이가 2.5㎞가 넘는 것으로 묘사되어 있다.

18세기 노르웨이의 주교 폰토피탄은 이 괴물을 목격하였으며, 먹물을 뿜어내자 주변 바다가 새까맣게 되었다고 기록을 남겼다. 또한 너무나 커서 전신을 볼 수가 없었다고 썼다.

육안으로 살펴보니 전체 길이는 대략 200m쯤 되어 보인다. 오징어는 다리가 8개 촉수가 2개 있다.

그런데 이 녀석의 다리는 몇 개인지 셀 수가 없다. 계속해서 움직이기 때문이기도 하지만 상당히 많기 때문이다.

어쨌거나 해적선을 휘감은 두 개의 촉수는 아무리 짧게 잡아도 100m는 넘어 보인다.

다리 하나의 굵기는 드럼통보다 약간 가는 정도이다.

상당히 많은 빨판이 붙어 있는데 촉수에 선원의 얼굴이 닿자 금방 시뻘겋게 변한다.

"저런! 아공간 오픈!"

바스타드 소드 한 자루를 뽑아 든 현수는 검에 마나를 불어

넣었다.

지잉! 지이이이이잉!

금방 길이 20m짜리 검강이 뿜어져 나온다.

"야압!"

쒜에에엑! 퍼억―!

크웨에에엑! 크웨에에엑!

선원의 몸을 휘감고 있던 촉수가 베어지자 시퍼런 액체가 뿜어진다. 몬스터라는 증거이다.

그와 동시에 고통 때문에 죽겠다는 듯 지랄발광을 한다.

쾅, 콰쾅! 우지직! 콰쾅! 와장창! 콰쾅! 우당탕탕!

배 위에 올려져 있던 촉수가 사방팔방을 휘갈기자 굵은 돛대까지 부러진다.

CHAPTER 12
크라켄 사냥

"야아압!"

쒜에에엑─! 퍼억! 슈아앙! 파악!

계속해서 수면과 배 위로 올라와 있는 다리며 촉수들을 베어냈다.

해양 최강 몬스터지만 검강을 이겨낼 수는 없기에 여기 저기 잘린 채 꿈틀거리는 촉수며 다리 투성이이다.

크라켄은 자신에게 고통을 주는 존재가 현수라는 것을 알아차렸는지 긴 다리를 뽑아 올려 휘감으려 한다.

"어림도 없다! 야아압!"

쒜에에엑—! 쉬이이익—!

퍼억! 파아악—!

꿰에에에엑! 크웨에에에엑!

계속해서 다리가 잘려 나간다.

이쯤 되면 온통 시퍼런 액체로 뒤범벅이 되어야 한다. 그런데 상처가 금방 아무는 듯하다.

잠시 아무런 움직임도 없더니 갑자기 십여 개의 다리가 사방팔방에서 현수를 향해 쏘아져 온다.

상당히 속도가 빨랐다. 하나라도 걸리면 즉각 휘감고 물속으로 들어갈 것이다. 웬만한 소드 마스터였다면 당할 것이다.

하지만 현수는 웬만한 소드 마스터가 아니다.

"체인 라이트닝!"

번쩍!

콰콰콰콰쾅!

꿰에에에엑! 퀘에에에에엑!

또 괴상한 비명을 지른다. 전류가 다리에서 끝난 게 아니라 몸통까지 전달된 때문일 것이다.

"윈드 커터! 윈드 커터!"

위이이이이잉! 위이이이이잉!

두 개의 공기로 이루어진 원형톱이 세찬 회전을 하며 바들바들 떨고 있는 다리며 촉수로 쇄도한다.

퍼억! 팍! 퍼퍽! 퍼퍼퍼퍽! 퍼퍽!

꿰에에에에엑! 크웨에에에에엑!

한꺼번에 십여 개의 다리가 베어지자 크라켄이 지랄 발광을 한다. 그 결과 비교적 크기가 작았던 해적선 여섯 척이 침몰했다.

선실에 숨어 있던 해적들이 얼른 바다로 뛰어들자 기다렸다는 듯 촉수며 다리들이 휘감아 버린다.

"이런……!"

해적들이 못된 짓을 하는 자들인 것은 분명하다. 하지만 몬스터의 먹이가 되는 것은 두고 볼 수 없다. 얼른 널빤지 위로 내려선 현수는 길이 20m짜리 검강을 휘둘렀다.

"야압! 야아아압! 야압!"

퍼억! 촤아악! 촤악! 촤아아악!

퀘에에에엑! 퀘엑! 꿰에에에에엑―!

거의 모든 다리가 베어진 크라켄은 격한 통증을 느끼면서도 짧아진 다리로 현수를 휘감으려 한다.

하지만 검강은 모든 것을 베어낸다.

"야압! 야아압! 야아아압!"

퍼악! 파악! 퍼퍽! 퍼퍼퍼퍽!

계속해서 다리가 베어지자 크라켄의 지랄은 더욱 심해졌다. 하여 여섯 척의 해적선이 더 침몰되었다.

이번에서 해적들이 튀어나왔지만 더 이상 허리를 휘감는 촉수는 없었다.

"플라이!"

다시 허공으로 몸을 띄운 현수는 크라켄의 정확한 형상을 캐치해 냈다. 오징어와 문어 중간쯤 되는 모습이다.

"기껏해야 오징어인 주제에! 야아아압!"

쒜에에에에엑―!

촤아악―!

굵고 긴 검강이 거대 오징어의 다리 위쪽을 파고든다. 크라켄이 오징어의 일종이라면 두족류[16]이기 때문이다.

이는 머리에 다리가 달려 있음을 의미한다.

꿰에에에에에에엑―!

길고긴 비명 소리 이후 바다가 잔잔해진다.

수천 년을 살면서 바다의 제왕으로 군림했던 거대 몬스터 크라켄이 최후를 맞이한 때문이다.

그와 동시에 인근 바닷물이 초록으로 물든다.

재생능력이 사라지면서 상처가 아물지 않아 체내의 혈액이 흘러나온 때문이다.

"와아아아! 마탑주님 만세! 만세! 만세!"

"와아아아아! 만세! 만세! 만세!"

---

16) 두족류(Cephalopod) : 캄브리아기 말기에 출현하여 고생대 오르도비스기에 폭발적으로 진화한 바다에 사는 연체동물. 오징어나 문어와 같이 머리에 다리가 달려 있다고 하여 붙여진 이름이다.

아드리안 공국의 배에서도 해적선에서도 만세 소리가 요란하다. 현수가 없었다면 이 자리에 있던 모든 사람은 크라켄의 먹이가 되었을 것이다.

소드 마스터인 레더포드 백작도 환호한다.

물 위를 걸을 수 없기는 범인과 마찬가지이다. 따라서 바다에 빠지면 익사하기 때문이다.

쿵—!

현수의 신형이 아드리안 공국 상선 중 기함에 내려서자 로레알 공작과 레더포드 백작이 정중한 군례를 올린다.

"충—!"

이와 동시에 아드리안 공국 쪽 모든 인원이 무릎을 꿇으며 정중히 고개 숙인다.

"추웅서엉—!"

"고개를 들라!"

현수의 말이 떨어지자 모두의 고개가 들려진다. 현수의 얼굴이 몹시 궁금했던 때문이다.

로레알 공작과 레더포드 백작은 현수의 얼굴을 알고 있다. 그렇기에 반갑다는 표정이다.

"로레알 공작님!"

"네, 마탑주님!"

"크라켄의 사체를 수습하고, 부상자들은 이쪽으로 모이도록 하세요."

"…알겠습니다. 백작, 마탑주님의 지시대로 하게."

"네, 공작님!"

레더포드 백작이 얼른 자리를 비운다.

바다의 제왕 크라켄의 사체는 이제 곧 가라앉을 것이다. 그전에 건져 놔야 하기 때문이다.

"듣자 하니 해로가 몹시 위험하다고요."

"그러합니다. 곳곳에 암초와 와류가 있다고 들었습니다."

아드리안 공국이 해상활동을 왕성하게 하지 않은 이유는 방금 잡은 크라켄이나 레비아탄, 씨 서펀트 같은 해양 몬스터로 인한 피해가 너무 컸기 때문이다.

게다가 곳곳에 암초와 와류가 숨어 있다. 바다 속을 훤히 꿰뚫고 있지 않다면 가급적 운항을 삼가는 것이 유리하다.

그렇기에 바다에 접해 있으면서도 해상무역을 하지 못했던 것이다.

"바쁜 일이 있어 동행할 수는 없습니다. 대신 바닷길을 잘 아는 호위를 붙여드리지요."

"네? 호위요……?"

공작은 의아하다는 표정이다. 이곳은 바다 한가운데이기 때문이다.

"일단 해적들도 한곳으로 모아주십시오."

"…알겠습니다. 무엇들 하느냐? 해적들을 이동시켜라."

공작의 명이 떨어지자 기사들이 움직였다.

"앱솔루트 피델러티!'

샤르르르르르릉─!

눈에 보이지 않는 마나가 뿜어지자 해적들의 눈빛에서 두려움이 사라진다. 대신 극도의 호감과 흠모의 빛이 어린다.

절대충성 마법의 효력이다.

"너희에게 아드리안 공국의 상선이 무사히 임무를 마칠 수 있도록 호위 임무를 맡긴다. 잘할 수 있나?'

"물론입니다. 마스터!'

"마스터 부르지 말고 국왕 폐하라 하도록! 짐은 이실리프 왕국의 국왕이다."

"……?'

모두들 무슨 소리냐는 표정을 짓는다.

"이제 파이렛 군도는 없다. 더 이상의 해적도 없다. 너희는 이제부터 내 노예이다,"

"……!'

노예라는 말에 모두의 눈빛이 흐려진다.

"너희는 그간 지은 모든 업보를 갚을 때까지 노역형에 처해진다. 그것이 마쳐지면 그제야 나의 백성이 될 것이다."

"......?"

이번엔 또 무슨 뜻이냐는 표정으로 우러러본다.

"일단 이번 임무를 마치고 귀환하라. 그러면 알게 될 것이다. 참, 로켄!"

현수의 시선을 받은 로켄이 얼른 고개를 숙인다.

"네, 폐하!"

"네게 보물지도 한 장이 있다 들었다."

"잠시만 기다리십시오."

후다닥 선실로 내려갔던 로켄이 자그마한 상자 하나를 들고 나온다. 영화에서나 보던 궤짝인데 크기만 작을 뿐이다.

"이것이옵니다."

말없이 받아 뚜껑을 열어보니 지도 하나가 있다. 애꾸눈 잭이 맡겼던 해적들의 보물지도 중 하나이다.

이로써 모든 지도가 모인 셈이다.

잠시 지도를 살핀 현수는 다시 로켄에게 시선을 주었다.

"네게 지휘를 맡기니 임무를 잘 수행하도록!"

"알겠습니다. 폐하!"

로켄과 그의 수하들 모두 고개 숙여 뜻을 받들겠다는 의사 표시를 한다.

"매스 힐!"

샤르르르르르르룽―!

공작이 승선에 있는 배에 모여 있던 부상자들은 현수의 한 마디에 모든 상처가 씻은 듯 사라지자 놀랍다는 표정이다.

"오오! 세상에……."

"역시! 다르셔."

"아! 다 나았어. 다 나았다고."

기쁨에 찬 탄성을 뒤로하고 공작에게 다가갔다.

"공작님!"

"네, 마탑주님."

"해적들이 상선을 호위할 것입니다. 편히 다녀오십시오."

"그저 감사할 따름입니다."

로레알 공작은 크게 고개를 숙이며 감사의 뜻을 표한다.

그런 그의 뒤에 있던 딸과 손녀는 초롱초롱한 눈빛으로 현수를 바라보고 있다. 극도의 호감이 담긴 눈빛이다.

시선이 마주치자 한마디 하지 않을 수 없었다.

"앞으로는 기사들이 위험하다 하면 그 말을 따르도록!"

"…네, 알겠사옵니다."

공작의 딸이 먼저 무슨 뜻인지 알았다는 듯 고개 숙인다. 아까 고집피우다 비명횡사할 뻔한 것을 떠올린 것이다.

"공작도 그리하시오. 자, 그럼 다음에 봅시다."

"알겠습니다. 마탑주님!"

"참, 레더포드 백작! 검을 휘두를 때 너무 힘을 주더군."

"……? 아! 감사합니다. 감사합니다."

레더포드 백작은 현수의 가르침에 크게 고개를 끄덕였다. 무엇이 문제였는지 깨달았다는 표정이다.

현수는 가볍게 고개를 끄덕이고는 입술을 달싹였다.

"텔레포트!"

샤르르르르릉―!

안개처럼 흐려지던 신형이 어느 순간 사라져 버린다.

"아……!"

공작의 딸과 손녀의 입에서 진한 신음이 터져 나온다. 꿈에도 그리던 이상형이 눈앞에서 사라진 때문이다.

*　　　*　　　*

"어라! 여기가 미판테의 수도 에튼이야?"

대륙좌표일람에 명기된 좌표로 텔레포트했는데 뭔가 좀 이상하다.

일국의 수도라 하기엔 너무도 고요하고, 허름해 보인다.

휘휘 둘러보니 건물은 많고 큼직큼직하다. 그런데 많이 낡아 보인다. 사람의 손길 닿은 지 오래된 듯싶다.

오가는 사람들의 수효도 너무 적다.

"뭐지? 수도가 뭐 이래?"

의아한 표정을 지으며 좌우를 둘러보던 중 한 소년과 시선이 마주쳤다. 꾀죄죄한 모습이다.

"꼬마야! 말 좀 묻자."

"저, 꼬마 아니거든요."

'어쭈, 이 녀석이?'

제법 당차면서도 발칙하다는 느낌이다.

"그래! 그럼 네 이름은 뭐니?"

"카시발이에요."

"카시발……? 좋아, 카시발, 여기가 에튼이니?"

"맞아요. 에튼!"

소년이 고개를 끄덕인다. 거짓말을 할 이유가 없는 상황인지라 현수는 고개를 갸웃거렸다.

이실리프 군도를 떠난 장인이 당도하였거나 당도할 시각이다. 미판테 왕국은 고위 귀족들을 불러 모아 대대적인 승작행사를 벌인다고 했다.

그렇다면 에튼엔 귀족들이 우글거려야 하는 상황이다.

그리고 수행하고 온 기사와 마법사, 그리고 행정관과 시종들도 엄청 많아야 한다.

그런데 썰렁해도 너무 썰렁하다. 하여 고개를 갸웃거렸다. 도통 이해되지 않은 때문이다.

"카시발! 다시 한 번 물을게. 여기가 미판테 왕국의 수도 에튼인 게 정말 맞아?"

"에튼인 건 맞아요. 근데 수도는 아니에요. 저쪽으로 이사 갔거든요. 우린 거길 뉴에튼이라 불러요."

"뉴에튼?"

"네! 어른들 말씀을 들어보면 한 삼십 년쯤 전이래요."

현수는 이제야 알았다는 듯 고개를 끄덕였다.

대륙좌표일람은 오래전에 만들어진 것이다. 그러니 뉴에 튼에 관한 사항이 없었던 것이다.

"그래? 고맙구나. 자, 이걸로……."

현수가 1실버짜리 은화를 꺼내 들자 카시발의 눈빛이 반짝 인다. 정말 그걸 주려는 것이냐는 표정이다.

"맛있는 거 사먹으렴."

"가, 감사합니다. 정말 감사합니다."

얼른 은화를 받아 쥔 카시발은 연신 고개를 조아린다. 그리 곤 후다닥 달려갔다. 현수는 천천히 구경하며 그 뒤를 따랐 다. 그가 가려던 방향이기 때문이다.

에튼의 건물들은 지구와는 사뭇 다른 건축양식인데 상당 히 독특하다. 빈집이 많아 낡기는 하였으나 예전의 모습이 충 분히 그려진다.

한때 아주 번성했던 시가지인 것이 분명하다.

유심히 살펴보니 뒷골목 작은 집들은 사람이 살지만 큰 집은 거의 모두 비어 있다. 왜 그럴까 하는 생각을 해보았다.

"아! 그렇군."

수도가 이전한 후 이곳에서 기거하는 사람들은 거의 모두 빈민이다. 평민도 있겠지만 살기 힘들어진 영지를 탈출한 농노들도 있을 것이다.

이들은 귀족이 살던 큰집이 탐나지만 감히 들어가서 살 엄두를 못 내는 것이다.

뉴에튼은 에튼보다 고도가 높은 곳에 위치해 있다.

기존의 에튼으로부터 4㎞ 정도 떨어졌지만 고도 차이가 있어 멀리서도 잘 보인다.

"흐음, 좌표를 수정해둬야겠군."

멀찌감치 보이는 야트막한 언덕은 전체가 바위로 이루어져 있다. 텔레포트하기에 알맞은 장소이다. 하여 온 김에 좌표를 수정하기 위해 그쪽으로 이동했다.

이때 갑작스런 소리가 들린다.

"으앙! 누나! 누나! 눈 좀 떠봐. 누나! 누나! 먹을 거 사왔어. 어서 눈을 떠봐. 누나! 누나!"

"……?"

음성을 들어보니 조금 전에 은화를 받아간 카시발인 듯하다. 소리가 난 곳으로 가보니 다 쓰러져 가는 허름한 집이 있다.

집 안엔 넝마에 가까운 천 쪼가리를 덮은 여자아이를 카시발이 흔들고 있다. 그런데 의식을 잃었는지 헝겊인형처럼 흔들리기만 한다.

"카시발!"

"흐흑! 누나가… 누나가……! 흐흑! 아픈데 돈이 없어서 닷새를 굶었어요. 흐흑! 그래서 누나 주려고 이걸 사왔는데. 흐흐흑!"

카시발이 보여준 것은 딱딱한 빵이다. 테세린을 떠나 율리안 영지로 갈 때 처음 맛본 그것이다.

너무 단단하여 칼로도 잘리지 않는 것이다.

만들어진 지 무척 오래되어 거무스름한 곰팡이가 슬어 있다. 이걸 먹을 땐 먼저 겉에 핀 곰팡이부터 제거해야 한다. 그리곤 이빨로 갉아야 간신히 먹을 수 있다.

제대로 곰팡이를 제거하지 않은 상태라면 아무리 배가 고파도 이걸 먹으면 안 된다.

100이면 100 모두 배앓이를 하기 때문이다. 재수 없으면 식중독으로 목숨까지 잃을 수 있다.

껍질을 갉아내도 속도 단단하여 웬만한 인내력으론 배부를 때까지 먹을 수 없다. 침이 말라버리기 때문이다.

카시발의 곁에는 이런 빵들이 한 보따리나 있다. 가격이 믿을 수 없을 정도로 싸니까 몽땅 사온 것이다.

보아하니 1실버 전부를 쓴 모양이다. 누군가 어리다고 재고를 모두 떠넘긴 듯하다.

"카시발! 잠시 옆으로 비켜볼래?"

"흐흑! 네에."

카시발이 옆으로 비켜서자 소녀의 손목을 잡았다.

"마나 디텍션!"

눈에 보이지 않는 마나가 소녀의 체내로 스며든다. 그리고 얼마 후 보고가 시작되었다.

폐에 심각한 문제가 있다. 결핵인 듯싶다.

게다가 심한 영양실조이다. 그러고 보니 배는 불룩 나와 있지만 팔다리는 앙상하다. 전형적인 콰시오커 증상이다.

결핵으로 인한 폐 세포의 손상은 컴플리트 힐로 치료 가능하다. 하지만 콰시오커는 마법으로는 해결 불가능하다.

적절한 영양분이 공급되어야만 좋아지기 때문이다.

"컴플리트 힐!"

샤르르르릉—!

또 한 번 마나가 소녀의 체내로 스며든다. 부실했던 폐 세포들이 차츰 기력을 되찾는지 호흡이 안정고르게 변했다.

"아공간 오픈!"

아공간을 열어 단백질 보충제를 꺼냈다. 그리고 인스턴트 죽을 꺼냈다. 휴대용 가스레인지와 코펠을 꺼내 이것을 덥히

자 카시발의 눈이 퉁방울만 해진다.

너무도 간편하게 음식물을 만들어낸 때문일 것이다.

"카시발! 이걸 누나에게 먹이렴. 그럼 괜찮아질 거야."

"저, 정말요?"

"그래! 오래 굶어서 속이 비어 있을 테니 천천히 먹이도록 해. 부족하다 싶으면 이걸 더 먹이고."

현수는 이십여 봉지의 인스턴트 죽을 더 꺼내놓았다. 아울러 카시발이 먹을 빵과 우유 등도 주었다.

카시발 역시 영양실조 상태였기 때문이다.

"아저씨! 이렇게 많은 걸……! 고맙습니다. 정말 고맙습니다. 흐흑!"

카시발은 대가를 바라지 않는 선행에 깊은 감동을 받았는지 눈물까지 그렁그렁한 모습을 보인다.

"카시발! 누나를 잘 돌봐주어라."

"흐흑! 네에. 고맙습니다. 정말 고맙습니다."

"울지만 말고 누나에게 죽부터 먹이렴."

"흐흑! 네에."

현수가 건넨 숟가락으로 죽을 뜬 카시발은 누워 있던 누나의 상체를 받치고는 천천히 먹이기 시작했다.

오랫동안 굶었다는 것을 알기에 죽은 매우 묽었다.

마법 덕분에 정신을 차렸지만 아직 기력이 회복된 상태가 아닌지라 많은 양이 입가로 흘러내렸다.

그래도 절반 정도는 목구멍 너머로 사라졌다.

죽을 먹이는 동안 몇 가지를 물어 보았다.

카시발의 부모는 화전민이었다. 원래는 농노였는데 가혹한 수탈을 견디다 못해 야반도주하였던 것이다.

어느 날 오크들이 나타났다. 카시발의 부모는 아이들에게 도망치라 하고는 놈들을 가로막았다.

결국 둘은 오크의 먹이가 되고 말았다.

아직 어린 카시발과 누나는 어떻게든 먹고 살려고 했으나 곡식은 여물지 않았고, 양식은 거의 없다.

게다가 오크가 있기에 집으로 되돌아갈 수 없었다. 하여 도시로 흘러들어 구걸로 연명했다.

수도에 가면 무슨 일이든 하여 먹고살 수 있을 것이라는 말을 듣고는 무작정 에튼으로 온 것이다.

문제는 이곳이 빈민촌이라는 것이다. 모두가 배를 곯는 상황이니 구걸조차 쉽지 않았다. 하여 며칠이나 굶은 것이다.

새로운 수도 뉴에튼은 빈민 출입금지인 곳이다. 다시 말해 멀쩡하게 옷을 입지 않은 사람은 들어가 보지도 못한다.

그래서 구걸조차 여의치 못해 닷새를 굶었다고 한다.

아까 현수와 만났을 때 카시발이 다소 까칠하게 군 것은 말할 기운도 없었던 때문이다.

"그러니까 애들이라도 옷만 깔끔하게 입으면 뉴에튼에 들어갈 수 있다는 거니?"

"네! 그렇대요."

"그래? 그럼 잠시만."

아공간을 열어 아동복을 꺼냈다. 못 먹고 자라서 열두 살이나 되었지만 열 살짜리 옷도 클 것 같다.

눈짐작으로 카시발과 누나의 옷을 꺼내자 또 한 번 눈이 휘둥그레진다.

귀족가의 아이들이나 입을 법한 너무도 좋은 옷이었기 때문이다. 양말을 보고는 고개를 갸웃거린다. 아르센엔 양말 문화가 없기 때문이다.

이어서 어린이 운동화가 나왔다. 가급적 수수한 것으로 꺼내놓았지만 형광색에 눈이 가는 모양이다.

누나에게 죽을 모두 먹인 후 워싱과 클린마법으로 카시발을 씻겼다. 그리곤 모든 의복을 입혔다. 다듬어지지 않은 머리카락을 대충 정리하고 나니 야위긴 했지만 멀끔하다.

시키는 대로 옷을 갈아입고 양말과 운동화까지 착용한 카시발은 할 말이 있는지 한참을 머뭇거린다.

"저어……!"

"왜? 할 말 있어?"

"마법사시죠? 제게 이런 거 주지 말고 마법을 가르쳐 주시면 안 될까요?"

"마법을……?"

무슨 의도냐는 표정을 짓자 카시발을 아랫입술을 잘근 깨물고는 입을 연다.

"오크들에게 복수하고 싶어요. 엄마, 아버지가 놈들에게… 흑흑! 흐흐흑! 우리를 구하려고… 흐흐흑!"

카시발의 눈에서 굵은 눈물이 흘러나온다. 아르센에는 이런 아이들이 많이 있을 것이다. 동정심이 절로 인다.

"알았다. 울지 마."

"정말이요? 정말 제게 마법을 가르쳐 주실 거예요?"

"그래! 대신 열심히 배워야 한다. 꾀부리거나 게으르게 굴면 내쫓을 거야. 알았어?"

"흑흑! 네에. 감사합니다. 감사합니다. 흐흐흑!"

카시발을 손으로 눈물을 훔친다. 새 옷을 더럽힐 수 없기 때문이다.

"일단 가자. 그런데 근처에서 수레를 빌릴 데가 있을까?"

"수레요?"

"그래, 누나가 못 신잖니."

"잠깐만요. 알아볼게요."

카시발은 언제 울었느냐는 듯 벌떡 일어서 당장에라도 튀어 나가려 한다.

"카시발! 이 정도면 수레를 살 수 있을 거다."

10실버짜리 은화를 받아 든 카시발은 잠시 말이 없다.

오늘 처음 만나 몇 마디 말을 주고받은 것밖에 없다. 그런데 너무도 큰 신세를 지는 것 같다는 생각을 한 것이다.

"마법사님! 절대 잊지 않겠습니다."

카시발은 무릎을 꿇고 공손히 고개까지 숙인다. 본인이 취할 수 있는 최상의 예를 표한 것이다.

"그래! 어서 다녀오너라."

"네! 잠시만 기다려주세요."

카시발이 나간 후 꾀죄죄한 누나를 워싱과 클린마법으로 깨끗이 하였다. 붉은 머리카락을 가진 소녀는 고맙다는 뜻으로 고개를 끄덕인다.

이름을 물어 보니 루시라 한다. 나이는 열셋이라는데 아홉 살 정도로밖에 보이지 않는다. 못 먹어서 그럴 것이다.

카시발이 돌아온 것은 한참이 지나서였다.

"죄송해요. 마법사님! 가다가… 흐흑! 가다가……."

"왜?"

카시발은 연신 눈물을 훔쳐낸다.

"어떤 나쁜 어른들이… 흐흑! 주셨던 돈을 빼앗아갔어요."

"…흐음!"

이곳은 빈민촌이다. 부랑자들도 많이 있을 것이다.

    그런 걸 헤아리지 못하고 어린 카시발에게 돈을 준 자신이 잘못되었다 느껴 내쉰 한숨이다.

    "흐흑! 죄송해요, 정말 죄송해요. 흐흐흑!"

    "괜찮다. 괜찮아. 그나저나 루시, 일어날 수 있겠니?"

    "네, 저 일어날 수 있어요. 끄으응!"

    루시나 카시발에게 있어 10실버는 엄청난 거금이다.

    그런데 그걸 동생이 누군가에게 강탈당하고 왔다. 너무 면목이 없기에 억지로 일어나려는 것이다.

    털썩―!

    "으으, 으으으!"

    버텨내지 못하고 쓰러진 루시는 안간힘을 쓰며 다시 일어서려 하지만 기력이 다한 듯 신음만 토한다.

CHAPTER 13
거우 후작?

"괜찮아. 애쓰지 마. 플라잉 브랜켓!"

마법을 구현시키자 희뿌연 원반이 나타난다.

오래전 세정파에 의해 납치되었다가 야쿠자에 의해 몸을 더럽힐 뻔한 이수연을 구할 때 썼던 마법이다.

루시의 몸을 안아 들자 말로 형언할 수 없는 지독한 악취가 풍긴다.

"으윽!"

위싱과 클린 마법으로도 완전히 해결되지 않은 이 냄새는 욕창의 잔재 때문이다.

컴플리트 힐로 상처는 치유되었지만 이미 흘러내렸던 고름 등이 옷 속에 남아 있었던 것이다.

"안 되겠다. 목욕부터 해라."

"......!"

루시는 몹시 부끄러운 듯 눈을 뜨지 못한다.

"카시발, 가까운 곳에 여관 있니?"

"네! 저쪽에요. 멀지 않아요."

"그래, 일단 거기부터 가자."

삐이꺽—!

허름한 주점의 문이 열리자 나직한 마찰음이 들린다.

환한 빛과 함께 현수 일행이 들어서자 사람들의 시선이 쏠린다. 그런데 이내 고개를 돌린다. 마법 원반 위에 놓은 루시를 보고 마법사라는 걸 알아차린 때문이다.

마법사를 잘못 건드렸다간 험한 꼴을 당하는 건 아르센 어디나 같은 모양이다.

"…어서 옵서!"

말을 이렇게 했지만 주인인 듯싶은 중년인의 표정은 그리 밝지 못하다. 마법사가 무리한 요구를 할까 싶은 때문이다.

"마법사님! 무엇을 드릴까요?"

"음식 2인분만 주고 목욕물을 준비해 주게."

"알겠습니다. 이쪽으로······."

현수를 안내한 곳은 가장 안쪽 자리이다. 뒤에는 이 층으로 오르는 계단이 있다.

"마법사님! 지금 저희 집엔 스튜밖에 없습니다요. 괜찮으시겠습니까?"

"맛만 있으면 되네."

"네에, 알겠습니다요."

잠시 후, 김이 무럭무럭 나는 스튜가 나왔다. 온갖 것을 넣고 팔팔 끓인 듯하다. 그런데 누린내가 좀 난다.

"목욕물은······?"

"준비했습니다요. 근데 누가 목욕을······."

"이 아이들이 할 것이네. 목욕 시중도 부탁하네."

"아, 네에! 1실버 20쿠퍼입니다요."

정당한 대가를 달라는 것임에도 불구하고 몹시 어려워한다. 루시가 계속 허공에 둥둥 떠 있기 때문일 것이다.

"자, 여기 있네. 나머진 이 아이를 씻기는 사람에게 주게. 참, 걷지 못하니 사람 불러 데려가도록 하게."

"아이고, 고맙습니다요."

현수가 건넨 3실버를 받은 주인의 만면엔 웃음꽃이 핀다.

요즘 돈 보기가 힘든 세월이다. 하나같이 가난한 사람들만 있는 곳이기 때문이다.

"자아, 배가 고플 테니 일단 먹자꾸나."

아공간에서 꺼낸 후춧가루를 치자 스튜에서 올라오던 역한 누린내가 확실히 줄어든다.

아르센의 다른 것은 다 좋은데 냄새만을 쉽게 적응되지 않아 차원이동을 할 때마다 곤혹스럽다.

하지만 어쩌겠는가! 하여 후춧가루와 페브리즈 등으로 간신히 견뎌내는 중이다.

카시발은 뜨거운 스튜를 흡입하듯 먹어치운다.

많이 굶어서 걸신이라도 들린 듯하다. 그러는 동안 루시에게 스튜의 국물을 먹였다. 차츰 받아먹는 속도가 빨라지고 있다.

"마법사님! 목욕물이 준비되었습니다요."

"아! 그런가? 그럼 이 아이들을 부탁하네. 그리고 여기 숙박비는 얼마나 되지?"

"네, 방 하나당 하룻밤에 75쿠퍼씩입니다요."

"그런가? 아이들 목욕이 끝나면 깨끗한 방에 넣어주게. 배가 고프다고 하면 스튜를 한 번 더 주고. 자, 여기!"

2실버를 더 꺼내주자 주인이 허리를 깊숙이 숙인다.

요즘 벌이가 시원치 않아 스테이크용 고기를 구입할 수 없어 스튜만 팔았는데 이제 좀 나아질 것 같아서이다.

"카시발! 누나 다 씻고 나면 너도 씻고 방에 올라가 쉬고 있어라."

"어디 가시게요?"

"그래, 수도에 볼일이 있구나. 예서 기다리렴."

"네에."

카시발을 크게 고개를 끄덕였다.

하룻밤이라도 따뜻하고 편안한 잠자리를 가질 수 있는 게 어디인가!

현수가 다시 오지 않아도 원망할 일은 없다. 오히려 다 죽어가던 누나를 살려준 고마움만 생각할 것이다.

아직 이름도 모르지만 생김생김만은 뇌리에 담아두겠다는 듯 현수를 빤히 바라본다.

"아이들을 잘 부탁하네."

"아이고, 그러믄입쇼. 잘 다녀오십시오. 얘들은 제가 책임지고 챙기겠습니다요."

주인은 진심을 담아 허리를 숙인다.

성질 고약한 마법사가 아닌 것만으로도 고마운데 매상을 팍팍 올려주니 어찌 안 그렇겠는가!

"그래!"

주점을 떠난 현수는 곧장 뉴에튼으로 향했다. 여전히 C급 용병 차림이지만 갈아입는다는 생각은 못했다.

카시발와 루시를 어떻게 할 것인가 생각하느라 다른 데 정신 팔 여유가 없었던 때문이다. 아무래도 이실리프 군도 또는 이실리프 자치령으로 데려가야 할 듯싶다.

그렇게 한참을 걸어 뉴에튼의 성문에 당도했다.

"멈춰라!"

"…아!"

뉴에튼은 혹시 있을지 모를 누군가의 침략을 대비했는지 상당히 큰 성으로 둘러싸여 있다.

성벽의 높이가 무려 15m나 된다. 이 정도면 인간은 물론이고 오우거 같은 대형 몬스터들의 침입까지 저지할 수 있다.

무심코 다가가던 현수는 나직한 소리를 내며 멈췄다.

"신분증……!"

"……?"

"뭐해? 출입하려면 신분증을 내놔야지."

위병 근무를 서던 병사는 위압적인 표정을 짓는다.

"여기……."

로니안 자작이 만들어준 평민 하인스의 신분증을 건네자 힐끔 바라본다. 신분증에 기록된 나이에 걸 맞나 확인하는 것이다.

"테세린에서 여기까지 온 건가? 대단하군! 좋아, 통과."

들고 있던 할버드를 곧추 세워 통로를 열어주었기에 현수는 느긋하게 통과했다. 통로는 약 20걸음이다. 보폭 평균이 약 70㎝ 정도 되니 성벽의 두께는 15m쯤 되는 듯싶다.

성문은 이중으로 되어 있는데 두꺼운 목재에 철판을 입혀 강도를 더함과 동시에 화공을 대비한 것 같다.

"이 정도면……."

현수는 고개를 끄덕였다. 아르센의 공성병기들로는 웬만해선 정문을 뚫기 힘들 것이라 생각한 것이다.

성문 아래 통로 밖은 에튼과 확연히 달랐다.

계획도시인 듯 길은 반듯반듯하고, 넓었다.

아무데나 오물이 투척되는 여타 도시와 달리 지린내나 구린내도 심하지 않다. 따로 모으는 모양이다.

새로 지어져서 그러는지 건물들도 깔끔해 보인다.

물건을 파는 상점도 많고, 대장간과 마법용품 판매점 등도 많이 보인다. 바닥엔 마차가 지나간 흔적이 역력하다.

현수가 시골에서 갓 올라온 촌놈처럼 여기저기를 기웃거릴 때 누군가 말을 건다.

"어이, 젊은 용병! 혹시 팔 거 없나?"

"네?"

"보아하니 C급 용병쯤 되어 보이는데 마법수머니 안에 오크 가죽이나 고블린의 이빨 같은 거 없냐고."

현수에게 말은 건 이는 대략 마흔쯤으로 보이는 인상 괜찮은 사내이다. 그의 뒤쪽엔 만물상점이라는 글씨가 보인다.

물론 아르셴 공용어이다.

"아! 네에. 값은 후하게 쳐줍니까?"

"아! 있어? 그럼, 그럼! 자, 안으로 들어오시게. 내 아주 후하게 쳐줌세. 어서 안으로."

급 친절 모드가 된 사내의 안내를 받아 상점 안에 발을 들여놓았다. 뉴에튼에 관한 정보를 얻기 위함이다.

안은 상품 감정을 위한 매대만 있는 단출한 구조이다.

"자아, 가진 거 다 꺼내놓게."

대답 대신 가방 속 아공간을 열어 트롤의 사체 하나를 꺼냈다. 포션을 만들기 위해 혈액은 모두 뽑아낸 것이다.

"헉! 이, 이건……? 이걸 자네가 잡았단 말인가?"

사내는 대경실색하며 현수를 바라본다. 현수는 대답 대신 고개만 끄덕여 주었다.

"저, 정말? 세상에 C급 용병인 줄 알았는데……. 자네 등급은 뭔가? B급? 아니다. 이 정도면 최하가 A급이어야 해. 헐! 미안하네. 함부로 대해서."

사내가 진심으로 사과하는 표정을 짓기에 웃어주었다.

"대신 값이나 잘 쳐주십시오."

"그, 그럼! 잠깐만 기다리시게. 이걸 감정하려면……."

주인은 두 손을 마주 비비며 눈빛을 빛낸다. 오랜만에 들어온 특상품이란 걸 알기 때문이다.

보통의 트롤은 신장이 3m를 약간 상회한다. 그런데 감정대 위에 놓인 건 아무리 적게 잡아도 5m는 넘는다.

주인이 이모저모를 자세히 살필 때 현수의 입이 열렸다.

"수도에 귀족들이 많이 왔나요?"

"그럼! 테세린의 영주 로니안 자작의 승작을 축하하러 엄청 몰려왔지."

"후작으로 올라가는 거죠?"

"그렇다고 하네. 자작에서 곧장 두 계급 승차하는 셈이지. 사위가 이실리프 마탑주라 하더군. 모두 그 덕이지."

"그래요? 그럼 승작식은 이미 한 건가요?"

"아니! 내일 한다네."

"그럼 귀족들은 왕궁 근처 여관에 머물겠군요."

"아니! 오늘 왕궁에서 승작을 축하하는 연회가 베풀어지네. 그러니 지금은 왕궁에 모여 있겠지."

주인은 묻는 말에 대꾸하면서도 상세히 살핀다.

그 결과 상당한 정보를 입수할 수 있었다.

로니안 자작의 승작을 축하하기 위해 미판테 왕국의 상당수 고위 귀족이 수도에 몰려 있다고 한다. 이실리프 마탑수의 장인이 될 로니안 후작과 안면을 트기 위함이다.

이번 승작식의 준비는 미판테의 재상인 에드가 롤랑 폰 갈리아 공작이 맡았다고 한다. 테세린을 집어삼키려던 케일론 영지의 영주 칼멘 후작의 정치적 동맹이다.

주인이 감정을 마친 건 거의 10분이 치나서였다. 아주 꼼꼼하게 살핀 결과 트롤의 몸에는 작은 상처 하나 없다.

어찌 사냥했는지 알 수 없지만 지금은 그게 문제가 아니다. 오우거보다 트롤 가죽으로 만든 갑옷을 더 쳐준다.

방호력은 약간 떨어지지만 훨씬 가볍기 때문이다.

최근 갈리아 공작가에서 손자들을 위한 트롤 가죽으로 만든 갑옷을 구한다는 소문이 있었다.

세 벌을 요구했는데 벌당 120골드를 치르겠다고 했다. 한국 돈으로 치면 한 벌당 약 1억 2천만 원이다.

"이 정도면 특상품임을 인정하지. 10골드 어떤가?"

"10골드요?"

말도 안 된다는 표정을 본 주인은 뒤통수를 긁적인다.

"특상품인 건 인정하지만 이걸로 갑옷을 만들려면 손이 많이 가서 그러네. …좋아, 12골드로 하세."

"……?"

이번에도 현수가 대답 대신 빤히 바라만 보자 주인은 겸연쩍은 웃음을 짓는다.

"알았네, 알았어! 18골드!"

"20골드 주면 팔죠."

"…좋네! 거래 성립이네. 잠시만 기다리시게."

주인은 현수의 마음이 바뀌기 전에 얼른 대금을 지급해야 한다 생각했는지 서두른다. 이 모습이 다소 우스꽝스러웠다. 하여 현수는 실소를 머금은 채 주인을 바라보았다.

"자, 여기 있네. 20골드!"

10골드짜리 금화 두 개를 내미는 주인의 눈에는 희열의 빛이 가득하다.

20골드를 지불하고 산 트롤 가죽은 마름질 등을 통해 갑옷으로 바뀌게 될 것이다.

마름질 수수료는 한 벌당 수수료는 8골드 정도면 된다.

눈대중으로 짐작해 보니 아무리 적게 잡아도 트롤 가죽갑옷이 다섯 벌은 나온다.

이걸 몽땅 120골드씩 받고 판다면 이익금이 무려 540골드나 된다. 가게 문 닫고 5년은 놀아도 될 거금이다.

"……!"

20골드면 한국 돈으로 약 2,000만 원이다. 그래서 그런지 묵직한 느낌이다.

"이런 거라면 얼마든지 살 테니 또 생기면 다른 데 가지 말고 곧장 이리로 오게. 좋은 값 쳐줄 테니."

"그러죠!"

필요한 정보를 모두 얻었으니 더 머물 이유가 없다. 하여 상점을 나와 왕궁으로 향했다.

빈민의 출입이 금지되어 그런지 어느 도시든 보이는 소매치기나 부랑아 등이 없다. 수년 간 계속된 풍작 덕분에 모두들 먹고살 만한지 표정도 밝다.

"멈춰라! 용무는?"

왕궁 수문위병이 엄한 표정으로 바라보고 있다. 현수는 대답 대신 품속에 있던 양피지를 꺼내서 건넸다.

지난 4월, 미판테 왕실은 코리아 제국의 하인스 멀린 백작이 주인인 하인스 상단으로부터 후춧가루와 연막탄을 구입한 바 있다.

당시 왕실 시종은 금박 입힌 초청장을 남겼다.

스크롤처럼 만들어 끈으로 묶어놓은 것이다.

본인이 아니면 열어보지 말라는 뜻으로 밀랍으로 봉인되어 있었고, 미판테 왕실의 문장이 찍혀 있었다.

이것엔 미판테 왕국의 국왕을 알현해 달라는 정중한 내용을 담고 있다. 또한 미판테 왕국을 이동하는 동안 불편함을 겪지 않도록 어느 영지든 이 초청장을 보면 정중히 접대하라는 내용도 쓰여 있다.

아르센 대륙에는 없는 후춧가루와 연막탄에 호기심을 느낀 때문이다.

현수가 건넨 초청장을 펼쳐 든 수문위병은 몸을 부르르 떤다. 국왕의 문장이 새겨진 초청장이기 때문이다. 그런데 공손해지는 않는다.

"네 이놈! 이거 어디에서 났느냐? 어서 말하지 못할까?"

수문위병의 음성이 커지자 초소 안쪽에 있던 기사가 튀어나온다.

"병사! 무엇 때문에 그러나?"

"기사님! 마침 잘 나오셨습니다. 이자가 이걸 가져왔습니다. 한번 보십시오."

병사가 건넨 양피지를 받아든 기사 역시 부르르 떤다.

국왕이 다른 제국의 고위귀족에게 정중히 초청하는 내용의 문서이기 때문이다. 이동하는 동안 만나게 될 귀족들에게 배려를 아끼지 말라는 지엄한 명까지 써져 있다.

기사는 현수의 아래위를 눈여겨 훑어본다.

그런데 아무리 봐도 초청장의 주인 같지 않다. 백작이라 하기엔 너무 입성이 초라하고, 나이도 어려 보인다.

손엔 굳은살도 배겨 있지 않다. 검을 잡지 않은 손이다.

"네 이놈! 이걸 어디에서 얻었느냐?"

조금이라도 허튼짓을 하거나 도주하려는 기미가 보이면 즉각 베겠다는 듯 검의 손잡이를 쥔 채 노려본다.

"가서 전해라! 초청받은 하인스 멀린 백작이 왔다고."

"네 이놈! 어디서 감히……. 함부로 귀족을 사칭하면 목이 베어진다는 걸 모르느냐?"

스르릉—!

검을 뽑아 들었지만 기사는 그걸로 위협을 가하진 않았다.

현수가 검을 뽑지 않은 상황이기 때문이다. 나름 기사도를 지키려 애쓰는 자인 듯싶다.

"안다! 그러니 가서 전하라. 코리아 제국의 하인스 멀린 백작이 왔다고."

"이놈이……!"

기사는 함부로 지껄이면 벨 수 있다는 듯 강렬한 시선으로 노려본다. 그러거나 말거나 안쪽을 살폈다.

기사들이 줄지어 이동하고 있다.

"하나, 둘! 하나, 둘! 하나, 둘! 하나, 둘!"

누군가의 구령에 맞춰 일정한 보폭으로 절도 있게 이동하는 기사들의 모습은 보기에 괜찮았다.

"뭘 봐? 그리고 이거 어디에서 난 거냐고 묻잖아? 훔쳤어? 아님 시체에서 가져온 거야, 뭐야?"

기사는 현수가 귀족이 아니라는 확신을 가진 듯하다. 그러거나 말거나 현수는 할 말을 했다.

"가서 내가 왔다고 전하라 했다. 근데 자네 이름은 뭔가?"

"뭐어? 자네……? 이런 미친놈이? 안 되겠다. 검을 뽑아라. 버릇을 고쳐주마."

기사가 눈을 부라리며 위협을 가한다.

보아하니 소드 익스퍼트 초급을 간신히 넘긴 초급 기사이다. 그러니 위병근무 조장을 맡았을 것이다.

왕궁은 수시로 귀족들이 드나드는 곳이다.

하여 원래는 귀족의 예절에 대해 잘 아는 남작 내지 준남작 기사가 배치되어 있었다. 그런데 이번 연회에 참석할 인원이 다 왔다 판단하였기에 안으로 들어가 있는 상태이다.

현수는 화내는 기사를 무심한 시선으로 바라보았다.

"내가 검을 뽑으면 그건 고철이 될 텐데?"

"이런 육시랄! 어서 뽑아. 오늘 네놈의 버릇을 단단히 고쳐주지. 입을 함부로 놀렸으니 각오해야 할 거다."

기사는 눈빛에 흉포함을 담고 있다.

분노의 강도가 심해졌다는 뜻이다. 하긴 한낱 C급 용병이 왕실기사를 업신여겼으니 이럴 만도 하다.

"그래? 너도 안목이 없음을 후회하게 될 거다."

"헛소리 그만하고 검이나 뽑아라."

국왕을 만나면 진짜 위저드 로드인지 여부를 확인하려 할 것이다. 호기심 어린 시선을 받으며 마법을 구현하는 건 쑥스러운 일이다.

하여 여기서 능력의 일부를 드러내는 것도 괜찮다 싶은 생각이 들었다.

"…좋아! 근데 너 혼자로는 안 되니 저기 저 기사들도 불러 오는 게 좋을 거다."

"미친 놈! 어디서 감히……! 왕실근위대를 뭐로 보고 그딴 소리를 지껄이느냐? 시끄럽다, 시끄러우니 검이나 뽑아!"

고함 소리에 이동하던 기사들의 시선이 쏠린다.

스르르룽―!

허리춤의 바스타드 소드를 뽑자 기사의 기세가 달라진다.

조금 전까지 화가 나서 어쩔 줄 몰랐다면 지금은 냉정해진 상태이다. 목숨이 오가는 대결이 될 수도 있기 때문일 것이다.

이동하며 시선만 주던 기사단의 발걸음이 멈춘다.

"덤벼!"

"그러지."

기사의 말이 떨어지기 무섭게 현수의 신형이 움직였다.

기사의 좌측으로 이동하자 검이 쇄도한다. 즉시 소드를 등 뒤로 돌리면서 왼 주먹으로 녀석의 복부를 가격했다.

챙! 퍼억―!

"크윽!"

기사의 검은 현수의 소드에 의해 가로막혔다. 그 순간 생각 지 못한 충격에 신음을 토하며 뒤로 물러선다.

"이런 치사한……!"

검으로 승부하지 않음을 지적하려는 모양이다. 그러거나

말거나 다시 녀석의 좌측으로 이동했다.

이번에도 소드는 등 뒤로 돌렸다.

챙! 퍼억—!

"크윽!"

방금 전과 똑같은 상황이다. 달라진 게 있다면 통증의 강도
가 조금 더 진해졌다는 것뿐이다.

"네 이놈!"

또 노성을 터뜨리려 할 때 한 번 더 왼쪽으로 파고들었다.

챙! 퍼억—!

"크윽!"

이번에도 상황은 같다. 기사의 검은 현수의 등 뒤에 있는
소드에 가로막혔고, 복부에서 충격이 느껴진다.

"으으! 이것밖에 없느냐? 솜방망이 같군."

기사는 진한 통증을 애써 참으며 노려본다.

"그래? 그럼 다른 걸 보여주지. 덤벼!"

"죽엇!"

쐐에엑—!

전력을 다해 휘두르는 검이 쇄도했지만 현수는 움직일 생
각이 없는 듯 바라만 본다. 그러다 검이 허리 어림을 베려는
순간 슬쩍 발을 빼는가 싶더니 한 걸음 앞으로 나아갔다.

이때 기사의 발이 옮겨졌다. 공교롭게도 현수의 발 바로 뒤

쪽이다.

서로의 발이 엉키는 순간 현수의 몸이 약간 뒤로 젖혀졌다 앞으로 나온다.

"윽! 어어어!"

쿠웅—!

"으윽!"

발이 걸려 자빠진 기사가 오만상을 찌푸린다. 손으로 짚지도 못하여 온 체중이 걸렸던 때문이다.

"계속 그러고 있을 건가?"

"이놈—!"

통증을 털어내고 벌떡 일어선 기사가 다시금 공격 자세를 취한다. 현수는 덤빌 테면 덤벼 보라는 듯 검끝을 까딱거렸다. 입가엔 비릿한 조소가 배어 있다.

"죽엇!"

쉐에엑—!

단칼에 요절내겠다는 듯 달려드는 기사를 본 현수는 소드로 검을 막음과 동시에 다시 한 번 발을 걸었다. 그리곤 슬쩍 뒤로 밀었다.

"어어어!"

우당탕—!

"크으윽!"

이번 엉덩방아는 제법 강도가 셌다. 그래서 그런지 나직한 신음을 토한다.

"이봐! 그러고 있을 거야? 안 덤벼? 그나저나 제대로 걷지도 못하면서 어떻게 기사가 된 거지? 미판테 왕국의 근위기사들은 다 이러나?"

"뭐라? 이놈이 어디서 감히……. 얄은 수나 쓰는 주제에……. 그리고 선임기사들을 욕하다니 죽어랏!"

쉐에엑—!

이번엔 목을 노리고 달려든다. 가만히 보고 있다 슬쩍 무릎을 굽혀 자세를 낮췄다. 그 순간 기사의 허점이 훤히 드러난다. 목표물을 잃고 휘둘러지는 검의 관성 때문이다.

옆구리에 주먹 한 방을 먹임과 동시에 또 다리를 걸었다.

"커억! 으으으!"

콰당탕—! 챙그랑!

충격이 컸기에 놓친 검이 바닥의 돌과 충돌하면서 금속음을 토한다.

"뭐야? 기사라면서 계속 쓰러져? 진짜 근위기사라면서 이것밖에 안 되는 거야? 쳇! 이거야 원, 수준이 낮아서 어디……."

현수의 말이 끝나기도 전에 노성이 터져 나온다.

"네 이놈!"

바닥에 쓰러진 기사 녀석이 아니다. 기사단을 이끌고 이동하던 자가 성난 표정으로 노려보고 있다.

"누구지?"

"왕실 근위기사단 3조장 더글라스다! 네놈이 방금 우리 근위기사단을 욕했느냐?"

"욕……? 내가? 난 욕한 적 없다."

"어린놈이 어디서 감히……! 정정당당하지 못하게 얕은 수나 쓰는 용병 주제에……. 네놈은 누구냐?"

"나? 나는 하인스. 그리고 얕은 수라니? 내가 사정을 봐줘서 저만한 거다. 본격적으로 이걸 썼다면 벌써 죽었을 거야."

현수가 쓰러진 기사를 바라보는 눈빛엔 조소의 빛이 어려 있다. 어찌 이걸 눈치채지 못하겠는가!

"이런 미친……! 감시 왕실 근위기사를 희롱하다니……."

"희롱? 희롱이 아닌데? 난 검은 그렇게 쓰는 게 아니라는 걸 가르쳐 주는 중이야. 앞뒤 안 가리고 무작정 덤비는 못된 버릇도 고쳐줄 겸 말이야."

"이, 이런……! 누, 누가 누굴 가르쳐?"

근위기사가 C급 용병에게 검술을 배운다고 하면 모두가 배를 잡고 웃을 일이다.

"왜? 너도 배우고 싶어?"

"무어라?"

"배우고 싶으면 덤벼! 한 수 가르쳐 줄 테니."

"이, 이런……!"

미판테 왕실근위기사단 단장은 소드 마스터로 백작이다.

그의 휘하엔 8명의 부단장이 있다. 모두 소드 익스퍼트 최상급이다.

이들 여덟에겐 각기 상급에 해당하는 팀장 4명과 중급 정도 되는 실력을 가진 평기사 60명이 배속되어 있다.

팀장급 32명과 평기사 480명이 있는 것이다.

방금 전 현수에게 혼난 기사는 소드 익스퍼트 초급을 간신히 넘겼기에 아직은 근위기사단에 배속되지 못하였다.

아무튼 더글러스는 왕실근위기사단 서열 20위쯤 되는 자리를 차지하고 있다. 그리고 야심만만한 사내이다.

기회가 있을 때마다 상급자와의 혹독한 대련을 하며 장차 단장이 되겠다는 꿈을 꾸고 있다.

당연히 자존심이 엄청 강한 사내이다.

그런데 그런 그가 한낱 용병에게 치욕스런 말을 들었다. 당연히 분통이 터진다. 하지만 인내심을 갖고 견뎌낸다.

"좋아! 가르쳐 준다니 한 수 배우지. 그런데 검에는 눈이 없다는 걸 아나?"

뭔가 말을 더 이으려는데 현수가 먼저 입을 열었다.

"물론! 내 걱정은 하지 말고 덤비기나 해라. 한 수 톡톡히 가르쳐 줄 테니. 자빠지지 않게 조심이나 하고."

"네 이놈……!"

현수의 비아냥거리는 듯한 어투가 이성의 끈을 풀어버린 듯하다. 더글러스의 눈에서 분노의 빛이 활활 타오르고 있다.

그래도 기사로서의 법도는 지키겠다는 듯 나직이 대꾸한다.

"덤벼라! 오늘 하늘이 얼마나 높은 보여주마. 덕망 높은 기사로서 용병 따위에게 선공할 수는 없으니 먼저 덤벼라."

"그래? 그럼 나야 좋지."

『전능의 팔찌』 37권에 계속…

노주일 新무협 장편 소설
FANTASTIC ORIENTAL HEROES

**청어람이 발굴한 신인 「노주일」
그가 선사하는 즐거운 이야기!**

내 나이 방년 스물셋. 대륙을 휘몰아치는 전쟁에서
간신히 살아남아 고향으로 돌아왔다.
사실 전쟁은 이미 이기고 지는 건 문제도 아니었다.
단지 전후 협상만이 탁상공론으로 오고 갔을 뿐.
하지만 전쟁터에서는 항시 사람이 죽어 나갔다.
이유도 알지 못한 채 그냥.
그러던 차에 전후 협상처리가 되고 나서 전역했다.
그리고는 곧장 뒤도 돌아보지 않고 고향으로!

『이포두』

내 가족과 내 친구가 있는 곳으로!

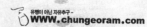

FUSION FANTASTIC STORY
월문선 장편 소설

화려한 귀환

머나먼 이계의 끝에서
다시 돌아온 남자의 귀환기!

『화려한 귀환』

장점이라고는 없던 열등생으로 태어나,
학교에서 당하는 괴롭힘을 버티지 못하고
자살이라는 극단적인 선택을 하게 된 남자, 현성.

"돌아왔다……. 원래의 세계로!"

이계에서 죽음을 맞이하게 된 현성은
자신을 죽음으로 내몰았던 현실 세계로 돌아오게 된다!

고된 아픔들, 그리웠던 기억들,
모든 것을 되살리며 이제 다시 태어나리라!

좌절을 딛고 일어나 다시 돌아온
한 남자의 화려한 이야기!
이보다 더 '화려한 귀환'은 없다!

Book Publishing CHUNGEORAM

유행이 아닌 자유추구 -
WWW. chungeoram.com

FUSION FANTASTIC STORY
건(建) 장편 소설

컨트롤러
Controller

세상에게 당한 슬픔,
약자를 위해 정의가 되리라!

『컨트롤러』

부모님의 억울한 죽음.
더러운 세상에 희롱당해
무참히 희생당한 고통에 분노한다!

"독하게… 살아가리라!"

우연친 기회를 통해 받은 다른 차인의 힘.
억울함에 사무친 현성의 새로운 무기가 된다.

냉정한 이 세상을 한탄하며,
힘조차 없는 약자를 대변하고자
내가 새로운 정의로 나서겠다!